蔡康永和侯文咏的

奇葩三国说

蔡康永　侯文咏　著

胖不墩儿　插画

湖南文艺出版社　博集天卷 CS·BOOKY

一个英雄之所以和其他英雄不同，
很多时候就在于面对机会的关键点
时所做的抉择。

奇葩三国说 | **目录** | contents

卷一 | 汉朝崩裂

关键人物：汉献帝 董卓

第一章 皇帝，快跑！ _014

没有人意识到整个时代是饥荒的、恐怖的，自然的竞争或是历史的竞争，需要的是让人民生活安定、富裕、吃得饱。这些历史进化所需的营养元素，在东汉末年同种的竞争中完全被忽略掉，朝廷上下更多的是血腥、暴力，女人跟女人吵架，男人跟男人打架，小孩跟小孩斗争……

汉朝崩裂了。

第二章　貂蝉的魔法爱情 _049

她的美色在阴谋结束后突然变得不重要了，她还是一样美丽，可是男人不再为她疯狂，不再把她当作宇宙的中心。虽然这的确也反映了貂蝉是个无中生有的虚构角色，然而很讽刺的部分正是：如此出色的女性角色，一点都没有自己的梦想，没有自己的性格，完成了任务就直接下台。

卷二 | 灾难徐州

关键人物：曹操 吕布

第一章　那一夜，张飞喝醉了酒 _072

夏侯惇虽然被射中了左眼，可还是非常豪放。他把箭拔了出来，上面还连了一颗眼球，他大吼道："身体发肤，受之父母，不可毁伤，孝之始也！"说完以后，他就"咕噜"一声，把眼球吃到肚子里去了。

第二章　曹操的不伦恋情 _100

曹操的爱才固然传为美谈，但是这个美谈的背后，同时存在着曹操"不能用之必杀之"的哲学。这个哲学，可以从曹操对吕布的军师陈宫的态度上一窥端倪。

卷三｜官渡对决

关键人物：曹操 袁绍

第一章　听说关羽投降了 _130

满腹委屈的关羽真是又急又气，于是化悲愤为力量，一鼓作气杀进曹军，斩下蔡阳的人头。看到这样的情形，固执的张飞终于相信关羽的清白，赶紧认错，兄弟之间的误会因而化解。

第二章　袁绍曹操的面包战争 _159

许褚很干脆地拿出刀来一刀就把许攸给杀掉了，他拎着许攸的头去见曹操。曹操捧起许攸的头颅，很伤心很伤心地说："许攸啊许攸，叫你不要乱讲话，你怎么乱开玩笑，现在被人家杀掉了吧。"

卷四｜千里单骑

第一章　遇见床上的诸葛亮 _186

　　直到徐庶出场，我们才感觉到，罗贯中终于了解了在介绍知识力量的同时，也要让知识的化身被崇拜，让它吸引人、迷人。所以，徐庶的出场被安排得非常迂回曲折。在《奇葩三国说》中，我们简化了这个过程。

第二章　赵云抱娃娃，杀啊！ _207

　　刘备一定要当着赵云的面，跟他来证明：我看重你远超过我看重我自己的儿子啊。赵云心里非常感动，他完全没有想到在刘备的心目中，我赵云竟然比他亲生的儿子还要重要。曹操是一个懂得爱才的人，可是刘备他也知道，一定要留住人才的道理，刘备这一套收买人心的招数，真的非常厉害。

梦想是
永远的经典

侯文咏

　　《奇葩三国说》之所以会是"奇葩""三国说"，一开始，我们就是希望把这两个完全不相干的概念凑在一起，看看会发生什么、变成什么。

　　没有想到这件事一开始，就停不下来。经过十多年，片头用童稚声音昭告《奇葩三国说》的小孩已经念大学了，但不断地有许许多多的小读者，通过父母、朋友，通过电子邮件，通过他们的网页，让我们知道，《奇葩三国说》给他们的生活带来多大的冲击。这件事出乎意料。

很多帮小孩买这套有声书的家长，一开始难免带着某种实用性的目的——好比说，让海外出生的孩子热衷于学习中文，或者在本土成长的孩子吸收更多历史、传统文化的养分……这些目的当然无可厚非，但世事难料。出版当初，我以为《奇葩三国说》的听众会是偏向成熟或者深思熟虑的那一群，没想到有声书一版再版，吸引来的最主要人群竟是小学到中学的小朋友。

《奇葩三国说》对小朋友有这么大魔力，老实说，到现在我还是无法理解。通常爱上《奇葩三国说》的小朋友，会没白天没黑夜，一遍又一遍重复地听，一遍又一遍重复地在同样的段落发笑。不仅如此，小朋友们还喜欢公开播放，弄得沸沸扬扬、笑声满屋。任何家庭，一旦开始了第一集，我和蔡康永的声音，无可避免地，就会攻城略地，从小朋友的房间，往客厅、浴室、汽车、所有的家庭空间延伸。这样的过程，少说持续一到两年，直到父母以及所有其他家庭成员高举白旗臣服，也成为欢乐属民为止。

家有"奇葩三国说迷"，家长朋友一开始多半会兴高采烈地表示，多么乐见小孩接触"历史文化"云云。随着时间过往，无可奈何的表情渐渐爬上他们的脸庞，最后，甚至有人开始抱怨康永和我的声音塞满了他们的世界，剥夺了他们的"安静"。对于这样的抱怨，我完全爱莫能助。因为我家有两个小孩，在他们分别发作"奇葩三国说症候群"过程中，该尝到的苦头、该被剥夺的安静，我一样也没有少过——何况，被噪音骚扰还可向环保单位告发，但像我这样被自己的声音逼得走投无路，大概只能算是活该吧！

在这样的处境下，"打不过，就加入他们"成了唯一的选择。营销宣传时老被问到"说"故事的心得、花絮。老实说，这套书出版十多年下来，感触最深的反而是"听"故事。一开始听自己说故事，当然也没多欢喜乐意，不过事过境迁回想起来，这大概是关于《奇葩三国说》我所做过的最明智的决定。

意外的收获之一是：因为和孩子一起听故事，让我们有了很多属于英雄、梦想的共同记忆。因为这些记忆，当孩子在不同阶段面临困难或抉择时，有了很多人物、故事可以参考。也因为故事里丰富的态度、谋略甚至是锦囊妙计，让亲子的沟通有了许多不同的乐趣。

意外收获之二是：比收获一更重要的，其实是那些单纯的欢乐时光。当"奇葩三国说症候群"过去之后，你清楚地感觉到那个小朋友消失了，变成另外一个大人。当然，那种感觉在所难免。神奇的是，一旦把《奇葩三国说》拿出来一起重听，你又有一种难以言喻的真实感，仿佛孩子只是把童年保留在属于《奇葩三国说》的欢笑记忆里，并没有离开。

十多年过去了，许多听《奇葩三国说》的小孩长大了，更多孩子、家庭迷上了《奇葩三国说》，继续发作、继续欢笑。《奇葩三国说》如此历久弥新，我当然受宠若惊。不过，随着时代更迭、环境变动，《奇葩三国说》仍然引来同样的欢笑、症候群，这些结果，不免让我对《三国演义》作为"经典"，一次又一次体会更深。从历史的角度来说，那是一个远比我们所处更动荡、更匮乏的时代。尽管如此，故事里的角色拥有的梦想、努力的精神，却远比我们这个时代大部分人要精彩。我在想，这或许是三国的故事能够跨越时代，继续受欢迎、成为经典，最重要的理由吧！

因此，当《奇葩三国说》一次又一次改版、再版时，我有一种越来越坚定的放心。因为那些孩子终将带着心中的三国英雄一起长大，而我清楚地相信，有英雄们陪伴的孩子，生命会是完全不同的。

【初版序】

醒醒吧，无尾熊

蔡康永

1

无尾熊（又称树袋熊或者考拉）是很可爱的。不过，无尾熊的人生可真够无聊的。

吃树叶、打瞌睡，吃树叶、打瞌睡，又吃树叶、又打瞌睡，睡到从树上掉下来，如果没有摔坏的话，继续爬回树上吃树叶。

要你过这种日子，你会受不了的。

这大概就是人跟无尾熊不一样的地方吧。无尾熊可以很甘心地无聊活下去，因为有史以来，所有的无尾熊都是这么无聊地过一生的。可是人类不一样。人不甘心过无尾熊的生活，因为有史以来，已经有好多人精彩地活过了，看到这些人精彩的程度，我们再也没办法像无尾熊一样安分。

中国历史上出现过许多精彩人物，当中有几个人的名字，到现在都还常常挂在我们嘴上。比方说，讲到聪明人，一定先想到诸葛亮；讲到权力狂热分子，免不了提到曹操；走进庙里，会看见红脸的关公神像；走进诊所，又常常看到"华佗再世"的匾额。

诸葛亮、曹操、关公、华佗，统统都是三国时代的人物，而且，他们彼此都互相认得呢。

短短一个三国时代，竟然囊括了"名死人"排行榜的前几名，当然让我们讶异。是那个年代的婴儿奶粉特别有营养呢，还是三国时代就像网络时代一样，特别适合白手起家的英雄大展身手？

我们必须承认，有关当时的奶粉，我们所知不多。但三国确实是一个吸引英雄聚集的磁场，因为那个时代充满机会，随手一抓，就有可能抓到权力、抓到钱财，当然，也有可能抓到死亡。

三国能为我们留下这么多典范，有一个更重要的原因，是因为罗贯中写了《三国演义》。别的年代的英雄，没有了罗贯中替他们吹牛，显得寂寞多了。

2

罗贯中的《三国演义》，不但让许多三国的人物重新活过来，而且肯定比当年他们在世时，活得更生猛、更有型、更过瘾。比方说，大帅哥吕布在世时，是从不曾这样痴情、这样爱到六亲不认的，可是罗贯中让他重新好好爱了一场。

而张飞的嗓门也许真的很大，但也还是靠了罗贯中成全，才可能一声大吼就活生生把敌人的内脏吼得四分五裂，当场死在张飞面前。不是每个大嗓门的人都有这种机会的。

就算是平常不太逞英雄的角色，也能被罗贯中弄得很有精神，像谋士徐庶的妈妈徐老太竟然当面臭骂曹操，还拿砚台砸曹操的头，可算是三国的首席猛婆。更不可忘记连刘备骑的倒霉马都自有它人生的高潮，一跳竟然飞过了一条三丈的大河，从此洗刷烂马的恶名。

正是这样的罗贯中精神，让《三国演义》一再吸引了各式各样有梦想、有热情又爱现的人。这些人在不同时代，分别把《三国演义》一再改造，有的改造出京戏，有的改造出神明，有的改造出艺术，有的根据《三国演义》设计出一代又一代停都停不下来的电子游戏。到了现在，又跑出侯文咏和蔡康永这样两个三国分子，决心要帮《三国演义》里的男女与老幼、天才与饭桶、名刀与宝剑、名句与佳言，来好好办一个二十一世纪的三国大派对，邀请你为座上嘉宾，大家在嬉笑怒骂、酒香琴音之间，细细领教一下这些三国人物的智和愚、明和暗、幸和不幸、梦想和梦碎，一笑三叹，豁然开朗。

3

罗贯中写《三国演义》，有时很不合理。例如，有名的"过五关斩六将"，从地图上来看确实莫名其妙，罗贯中为了让关公多表演几种杀人方法，硬是让关公带着两个嫂嫂绕了好大一圈远路，根本就是越过关越远离他们要去投奔的刘备。

除了不合理之外，罗贯中写《三国演义》，有时也难免散漫、啰唆、轻重不分，但这些都无损于《三国演义》的迷人。就像不少美丽的女生也常常是不合理、散漫、啰唆、轻重不分，但实在万分迷人的。

我们这一次根据《三国演义》做成《奇葩三国说》，正是因为《三国演义》的迷人。我们尽可能地避开了不合理和散漫的部分，但跟正史是否符合，并不是我们优先的考虑，因为《奇葩三国说》追求的不是历史的真实，而是人性的真实。这套《奇葩三国说》里所呈现的各种人性、各种人生，到了二十一世纪听起来，还是这么鲜活有劲。相形之下，活在现在的我们，反而显得又怯懦又迟缓、小鼻子小眼睛的啊。

当然，罗贯中有些观点，是被他所属的时代所引导的，这些观点，我们不一定能再沿用。像《三国演义》中，很明显是把姓刘的皇家血统，当成天下正统的依据，这样子延伸出来的态度，也就难免拼命地支持皇帝，顺便再支持号称有皇室基因的刘备集团；相对地，罗贯中自然带着读者把曹操当成巨奸大恶了。

我们在我们所属的时代引导下，没有办法再接受这么简单的好人坏人二分法。那么，我们有我们《奇葩三国说》的喜恶吗？

还是有的，我们的喜恶来自角色生命力的强弱。在制作《奇葩三国说》的过程当中，我们一再被某些角色强劲的生命力所打动，从谨慎的诸葛亮到嚣张的周瑜、从激动的黄忠到冲动的魏延、从一肚子怨气的陈宫到一肚子醋的庞统，许多三国角色用尽一生力气，在追求自我、实现自我，还有，可能的话，超越自我。

"他们好有力气啊！"我们这样赞叹着。

于是我们决定做一套《奇葩三国说》来传递这份力气，来连接你跟这些有力气的人。

梦想，其实是一种能力；欢笑，也是一种能力。我们发现在很多人身上，这两种能力都在退化，我们不太放心，也不太甘心，我们觉得不做梦、不笑，太可惜了。请容许我们邀请你加入这场派对，一起练习梦想和欢笑的能力。

对着历史的山谷，大笑三声吧，你会惊奇地听见强劲的回音哦。

因此，作为一个现代人，我们应该学习让自己有更开阔的胸襟、更多重的视野与观点去看待一件事情。一旦我们因为被挑拨而产生激烈情绪时，最好站在利益与我们冲突的人的立场重新反省一次：对方会用什么观点看这件事？我又应该用什么样的观点来看？也许这么一想，对方所有挑拨的企图都会昭然若揭，我们不但不生气了，还会哈哈一笑！

卷一
汉朝崩裂

关键人物：汉献帝　董卓

第一章
皇帝，快跑！

一　敛财皇帝 + 宦官干政

东汉末年，公元 184 年的年底，皇甫嵩将军提着一颗血淋淋的人头，大摇大摆地走到大殿。高高在上的皇帝和侧立的文武百官看清人头后，个个拍手大笑，这么诡异的情景，这颗人头究竟是谁的呢？

原来这颗人头是黄巾之乱的头头张角的。落第秀才张角据说得到南华老仙赐予三卷名为《太平要术》的天书。张角得此书后能呼风唤雨、作法治病，自称"大贤良师"，号为"太平道人"。他借机组织群众，声称自己是"汉朝终结者"，带着各地百姓头裹黄巾起兵造反，人称"黄巾贼"。官兵被打得节节败逃，帝都洛阳也差点被占领。直到皇甫嵩将军杀死张角，黄巾之乱才算被平定，但国家已元气大伤。

国家乱得不像话，灵帝刘宏却每天和一群宦官在皇宫中吃喝玩乐。灵帝原来是没落王孙，所以爱钱如命，甚至公开贩卖官爵牟利。平日生活则是奢华无度，建大水池与美女共浴，又铸造特大号的铜佛、独角兽，更荒唐的是还打扮成商人模样，和宫女玩起买卖游戏，却把国家大事全都交给宦官处理，致使朝政日益败坏。

卖官鬻爵是灵帝敛财的最快手段，灵帝可谓是"分期付款"的开创者，极具商业头脑。如果你的钱不够的话，没关系，付了首付以后，你就可以先上任做官了；做了官，你就可以向老百姓来慢慢搜刮；把钱统统搜刮够了以后，你再把钱一期期地交下去。可是分期付款通常是比较贵一点。因为分期付款最后加一加你就会发现，这个总金额和你一次付清相比的话是两倍的定价。不但可以分期付款，而且汉灵帝还接受讨价还价。

汉灵帝刘宏的出身并不是很高贵，他原来只是地方上一个小小的解渎亭侯的儿子，被接到皇宫里面来做皇帝的时候，才只有十二岁，大概是因为在乡下长大的关系，过多了很苦的日子，他变得特别爱钱，他一上台不只大增税收，还设立"御花园官邸"——公开出售官爵，"郡长"二千石（二千万钱），中下级官员四百石（四百万钱）。除了钱，还要倚靠皇帝最亲近的人提拔。所以，所有想要在东汉灵帝的朝廷里面做官的人，都必须得通过灵帝最亲近的人——宦官张让和奶妈当中间商来买卖这个官位。

像崔烈就是通过奶娘牵线才当上司徒的。公元一八五年的时候，有一个叫崔烈的人，他当上了东汉新任的司徒。虽然说崔烈是有点名气的人，可还是花掉了五百万，才通过皇帝的奶妈买到这个官位。在崔烈的就职典礼上，汉灵帝一手拿着账本，一手在那边抖来抖去唉声叹气，越想越懊恼，忍不住对身边的人抱怨说："早知道就再捞一下下嘛，就再多捞一下下就好了，这么大的官位一定可以卖到一千万的！"奶妈在旁边，听到这件事情很生气，当场拍桌子站起来，指着皇上大骂："这位先生是有名的知识分子，他肯出到这个价钱都是看老娘的面子，五百万已经够多了，你还不满意吗！"奶妈竟然当着文武百官的面在就职典礼上和汉灵帝大吵起来，弄得买官卖官事件尽人皆知。

凉州刺史孟佗就是先用尽心机跟张让的家奴结为好友，然后要家奴毕恭毕敬地迎接他晋见张让。其他的马屁精看到了，都以为孟佗和张让特别亲密，就纷纷送礼巴结孟佗，孟佗又分一部分给张让，张让当然满心欢喜地提拔他当上了刺史。

这样说起来，汉灵帝是个很会搞钱的高手，其实他一直被蒙在鼓里，搞不清楚状况，他身边的宦官比他更有经济头脑。有一天，汉灵帝突发奇想想去皇宫的顶楼看看风景，欣赏一下京都的风光及自己手里的大好河山的秀美，没想到想法刚一说出口，所有的宦官都"唰"地挡在楼梯口，齐刷刷地跪下来，异口同声地上奏皇帝："天子不可登高，登高会导致叛变。"

原来这是古书里的一种说法，"做皇帝的人如果喜欢登高的话，就会不断要求工人盖高楼大厦，越盖越高就越劳民伤财，最后人民就很容易叛乱"。

汉灵帝听后，很是感动，想到去年他只不过到四楼去玩了一下高空弹跳，结果"黄巾贼"就闹成了这个样子，现在如果爬到顶楼去，那么今年也没有安生日子过了。

听上去宦官们是在进献爱国爱民之策，其实是他们把聚敛来的钱财投资到私盖豪宅上，一个赛一个，比皇宫更奢华高大。天子果然不可登高，登高就会昏倒。

二　后宫争宠　两后夺权

汉灵帝和很多有钱有势的男人一样，都有一个烦恼，这个烦恼自然是来自女人。

汉灵帝是名副其实的"出门一条龙，在家一条虫"。家里两个老婆成天吵吵闹闹，他完全摆不平。大老婆生了大皇子刘辩，小老婆生了小皇子刘协，两个老婆都希望自己的皇子继承王位。

所谓妻不如妾，汉灵帝十分宠爱小老婆王美人。大老婆何皇后不惜用毒酒毒杀王美人，争夺未来的继承权。

宫中除了宦官势力以外，还有另外一派势力——外戚。外戚分为两组人马：一组是灵帝的大老婆何皇后和大将军何进，何进手握重兵；一组是灵帝的母亲董太后。王美人死后，刘协只好寄养于董太后宫中。宦官们则偏向董太后这一方，因为他们担心如果大权落入何家手中，何进便会一举除掉宦官。灵帝夹在皇后和母亲中间，始终未做决定，结果继承帝位的皇子未定，灵帝就一命呜呼了！

宦官们一直策划并鼓动汉灵帝由刘协继承王位，没想到灵帝死得突然，于是他们就密不发丧，把灵帝的棺材停到宫里，趁机假传圣旨拥立刘协登基。"心细"的宦官们在灵帝尸身上喷了很多"香水"以免尸体发臭，宦官们算盘打得虽好，没想到被内奸告密。大将军何进先下手为强，早已约定文武百官拥立大皇子刘辩为帝。最后刘辩登极，成为汉少帝，尊何皇后为皇太后，但由董太后垂帘听政。董太后立刻封小皇子刘协为陈留王，并封自己的哥哥董重为骠骑将军。这么一来，大权又回归董太后。何太后当然不能忍受，就让哥哥何进在董太后身上胡乱安个罪名，把她遣送回乡，过不久，何进又派人毒死了董太后。

三　王子逃亡记

董太后一死，大皇子刘辩继位，宦官们知道情况不妙，大为紧张。聚敛大批钱财的宦官，急忙转而向何太后靠拢，馈送大批金银珠宝，收买了何太后的母亲。这位何妈妈跑到昔日的何皇后现在贵为太后的女儿那里，大肆劝说："当初我们家家境贫寒，要不是宦官引荐，我们根本就进不了皇宫啊！虽然当时宦官从我们那里拿了一些钱，现在你看，我们不都回本了吗？"何妈妈立刻把宦官贡献的金银珠宝堆在何太后的床上，顿时金光闪闪。何妈妈又说："反正刘辩已经登基了，一登基就杀人，这样也不好呀，你跟你哥哥就放他们一马吧。"

何太后一听就心软了，答应了何妈妈的要求，并命令何进不要继续追杀宦官。

这样就使得何进想把宦官除掉的计划行不通了！

当时宦官卖官鬻爵积累了不少地方官员的势力，让何进更感到不安和威胁。他就开始考虑，要不要自己也把地方诸侯的军队，调一些到京城里面来，帮助自己对付宦官。何进想来想去，想到的是驻防在西北地方的董卓。当时董卓的形象的确是非常残暴，可是这刚好符合何进心里所需的一种特质。这个特质就是，很爱打仗可是没有脑袋的部队。

董卓的粗暴是出了名，很多文武百官，像卢植、郑泰他们，一听到董卓要进京来，都纷纷逃走了。文武百官都害怕董卓，宦官就更不用说了，这些宦官一听到董卓要来，心里面就发慌，这根本明摆就是何进要跟他们宣战嘛。宦官就开始想，决定先下手为强，想办法先把何进干掉再说。

何进贵为大将军，哪会那么容易就被宦官他们干掉呢？所以一定要努力想办法。

办法的第一个步骤，就是先利用何太后的妇人之仁。这些宦官进宫去跟何太后哭诉。上一次是花钱拜托何妈妈，这一次是自己带着眼泪来。当然了这次比较便宜一点……他们见到了何太后以后就跪下哭着说：太后啊，太后，当初是你跟你哥哥讲好了不杀我们，现在他连董卓这么残暴的人都找进来了，听说就是冲着我们来的。何太后你一定要可怜可怜我们，救救我们吧。

听了宦官哭哭啼啼的一席话，这何太后的妇人之仁又发作了。她心里想，我虽然是妹妹，不过好歹也是太后，何进只是一个大将军，请他不要跟宦官计较，跟他讲的话怎么不听呢？

她就安慰宦官们：这样子，我安排你们去见我哥哥何进，你们自己呢，跟他打声招呼，叫他一声大哥。何进没什么了不起，他这个人呢，喜欢当大哥。

宦官一听完何太后所讲，哭的声更大了，心里想，我们如果听你的，跑去人家府上叫大哥，我们还没有走进何大将军府，早就被他们砍成肉酱了，哪里还有机会开口叫大哥。他们只好又跟何太后死缠烂打说："太后你不了解，我们这些人像蚂蚁一样，进去就被人家用巨人的脚一踩就踩死了，还是你告诉你哥哥请他到皇宫里面来，我们就当着太后你的面叫他大哥，这样子比较有效。"

要在宫里面喝咖啡啊，那简单，我何太后就请我哥哥进宫来，我们一起喝咖啡，大家和解和解。

宦官听到这里呢，表面上虽然不敢笑出来，可心里面实在是太高兴了，到此他们毒计的第一个步骤算是已经成功了。

何进一接到太后的邀请函，立刻换了正装要赶过去。何进手下禁卫军的大队长曹操，走到何进前，他左端详右端详，看什么呢？看看他这个何老板，你到底是不是一只猪啊，是什么态度啊？为什么这么简单的阴谋你都想不到呢？曹操问何进，你只想着喝咖啡，难道你都不怕死吗？还笑？

何进哈哈大笑，就算曹操你怀疑我是一只猪，我也是一只很勇敢的猪吧。

那一次去喝咖啡，共有 504 个人，包括御林军 500 名，然后是司隶校尉袁绍、典军校尉曹操、袁绍的弟弟袁术，再加上何进，正好是 504 个人。

问题是皇宫里面并没有准备 504 人份的咖啡，这浩浩荡荡一大群人到了南宫宫殿的门口，没有想到南宫的太监居然对何进说："对不起，太后有令，咖啡只有一份，其他人都不可以进来。"既然是何太后的命令，何进自然不能不听，但是在进入之前，曹操跟袁绍都很紧张，大家再三叮咛，我们约定三十分钟，到了二十九分的时候我们会按一次铃，二十九分半按第二次铃。三十分钟后，如果你还不出来，我们就冲进去了。

何进于是就大摇大摆地走进了宫殿，正走在宫殿的走廊之上，还没有进到内宫呢，很多宦官都已经列队出来了。何进就想说今天的服务这么周到，正要点一杯 Espresso（浓缩咖啡），忽然就听到"乒乒乓乓"的声音。

五十名刀斧手在宦官的带领下，全部都从走廊的柜子里面冲出来，把何进给团团围住了。为首的宦官张让本来还是一张笑脸，这个时候翻脸了，他开始对着何进指责。这些宦官憋了这么久，总算现在可以对着何进发泄一下。张让说，你这个杀猪的，你跟你妹妹是我张让把你们推荐到皇帝身边，你们才有今天的地位。你们兄妹不想着要报答我，还想着要坑我，杀我，还找董卓来，你们可不可恶啊？

何进听到这里就非常不耐烦，你们这些没有那个的宦官，不要老是翻旧账好不好啊？老是叫我杀猪的，有没有新鲜的事情拿出来讲一讲啊。何进正要开口答辩的时候，奈何这刀斧无情，何进立刻就被砍成了肉酱，只剩下一个头是完整的。这整个吵吵闹闹的过程早就超过了三十分钟，曹操和袁绍在外面等急了，就大喊，大将军请上马，大将军请上马。

这个时候，只听到宫里面发出一声"哦"的声音，什么东西啊？这不是何进出来了，是何进的头被丢出来了。哎呀，大事不妙，只看到城墙上面站满了宦官。他们对着宫外的 503 个人大喊，何进谋反已经伏诛了，剩下的你们这些党羽统统不追究责任，你们自动解散吧。

解散？曹操和袁绍两个人互相对看了一眼，难以置信，这些宦官竟敢叫我们解散，他们把何进杀了现在还敢叫我们解散，也不想想到底是我们的人马多还是宦官的人马多。当下这两个人一起下令："来人哪，统统都给我杀进去，把这些可恶的宦官全都杀光。"

这下士兵们统统把刀拔出来，冲进宫廷的南宫里面，到处追杀没有胡子的男人。这些士兵放火焚烧南宫，放火的原因就是要把宦官统统逼出来。没有想到宦官竟然会挟持着何太后还有两个皇子，沿着南北二宫中间的一条双层走道，往北宫逃过去。何太后在当中，好不容易找到了一个空当，她也顾不了两个皇子，就自己从走道的窗户，狼狈地跳了出去。至于袁绍和曹操的部队，则从南宫一路把所有的人追杀驱赶到北宫，之后再把北宫的大门封锁，开始做地毯式大屠杀。

很多男人没有留胡子，也不晓得该如何证明，情急之下赶快把裤子脱下来，大喊着，我有，我有，我不是，我不是。更糟糕的是，有些男人，裤带勒得太紧，还来不及脱下来验明正身，就已经被一刀砍死了。太悲惨了。这实在是很悲惨啊，遇到乱世越守规矩的人越倒霉，没有想到勒紧裤带，竟然害他们丧失了性命。这一场地毯式大屠杀，在北宫堆起了两千多具尸体，又让南宫陷入了一片火海。

仓皇中，张让带着刘辩、刘协逃往北方，连夜赶到黄河堤岸，眼见后方追兵不断迫近，张让等宦官便留下刘辩、刘协两人，投河自尽了。

兄弟俩躲在草丛里又饿又冷，哥哥刘辩怕得哭起来，反而是弟弟刘协十分镇静，决定自己寻找出路。为避免走散，两人把衣角绑在一起，在一片漆黑中，靠着萤火虫的微光辨识小径，总算找到了一间小茅屋。茅屋里面走出来一个人，很不客气地问说："两个小鬼是哪一家的小孩啊？"弟弟站出来说："我是陈留王，旁边是我哥哥，就是当今的天子，汉少帝。"这个茅屋的主人一听，立刻就跪下来说拜见天子，拜见陈留王。我哥哥就是前任司徒崔烈，我叫崔毅。"崔毅跟当今天子和他的弟弟抱怨："我哥哥为了买那个缺，花掉了五百万。当中有三百万是我出面去替他借来的，没有想到，我哥哥上任之后什么钱都还没有捞到，一下就下台了。害得我现在欠了一屁股债，不得不跑路，一路就跑到这里来了。"兄弟俩听了，也表示无可奈何。因为钱是爸爸拿走的，可是难道你没看到吗？现在连我们兄弟俩也在跑路啊！唉！这崔毅叹了一口气，他说什么时代嘛，我自己跑路也就算了，没想到连皇帝都要跑路了，唉！同是天涯跑路人，他就把他们扶到屋子里面，给他们吃的东西以及换洗的衣服。

应何进召唤而来的董卓的部队驻守在洛阳城外。他眼见城内的皇宫着了火，也不晓得发生了什么事情。到处都在谣传，宫廷里面发生了政变，皇帝不见了。董卓派人去打听，中央政府立刻极力否认，并且还声称我们已经控制了局势，要求洛阳城外的部队，

统统不要进城，皇帝会在明天晨会的时候召见大家。这话听起来
是很冠冕堂皇，可是有经验的政客像董卓一听，就知道根本是鬼
话连篇。

　　董卓就派出他的部队轮流到山上去搜索，一直搜到了第二天的早上。在北邙山的山脚下，其中有一支搜索部队发现一个老先生，拉着一辆板车，载着两个小孩子，沿着乡间的小路走过来。

　　搜索部队的小队长一看这几个人是一身乡下人的打扮，他认为一定是当地的居民，小队长就要上前去问路，没有想到，他才一上前，在板车后面坐的那一个年纪比较大的小孩，竟然立刻就吓得哭起来了。没有想到前面正在拉车的老头，竟然就抬起头来，派头十足地说："天子在此，闲杂人等退后半里。"

　　小队长一辈子没有见过天子，可是你打死他，他也想不到天子是这种造型，他半信半疑，立刻跑回去报告董卓这一发现。董卓本人也觉得半信半疑，所以他立刻骑着马赶到现场来，还没有开口，没有想到这拉板车的老人，竟然先给他摆派头。这老人对着董卓说："我乃前司徒崔烈的弟弟崔毅，来者何人？"

　　董卓眯起了眼睛，看着这个崔毅想：前任司徒的弟弟，现任的司徒我都不怕，什么弟弟也敢在这里嚣张。董卓抬起一只脚，把崔毅踢得四脚朝天，弄得板车嘭的一声往后翻倒。董卓接下来又吐了一口口水，很不屑地说："司徒的弟弟，我呸，什么东西！"

　　从翻倒的牛车里爬出来一个小朋友，小朋友趴在车头，因为太矮了，只露出半边脸，很有礼貌地问："司徒的弟弟没有用，那请问天子的弟弟可不可以呀？"

　　董卓听着，就愣在马上，他满腹狐疑地看着这个小朋友就问，你是谁啊？小朋友也不慌不忙地回答："我乃当今天子的弟弟，陈留王，请问你又是谁？"

　　董卓一听就立刻吸了一口气，拉一拉他的裤腰带——董卓的肚子很胖，裤子随时都会掉下来，所以他一紧张就会习惯性地拉裤腰带，反正现在他也管不了那么多了，就指着他身后这大群的军队很神气地对着小朋友说："我乃西凉刺史董卓，这些都是我的部队。"那个部队就像啦啦队一样，赶快把董字号的大旗子举起来，不断地挥舞、欢呼，还有很多人对着摄影机的镜头比 V 字，即胜利的手势。

　　这董卓还以为小小的陈留王看到这种场面一定会吓得屁滚尿流，可是他没有想到，陈留王面无表情，非常镇定地说："汝来保驾耶，汝来劫驾耶？"了不起，不要看陈留王问话的口气很简单，可这个问题的难度是很高的，他就是在问董卓，你是来保护皇帝的，还是来劫持皇帝的呢？董卓一听到这个问题，当场倒吸一口气，他想说现在这个情况这么复杂，如果我贸然宣称是劫驾就等于是公开造反，当场就变成了一个叛国贼，后果不堪设想。他当机立断，很恭敬地说："臣特来保驾。"陈留王接着又问，那既来保驾为何不下马？

董卓一听就愣住了，僵在马上。这个时候，只见陈留王扶住了翻倒在牛车下发抖的汉少帝，他又对着董卓说了，天子在此，还不下马。这下董卓吓得赶快翻身滚下马来，拜倒在路边。他忍不住就斜了斜眼睛，看着这个微笑的陈留王，从此对这个九岁的小朋友留下了深刻的印象。

四 董卓废立皇帝

董卓带着军队堂堂皇皇地护送着汉少帝还有陈留王回到了洛阳。他手下的二十万军队在洛阳城里面纵横来去，所向无敌，董卓渐渐地了解到原来自己已经成为洛阳城里最大的恶势力了。问题是他只不过是一个西凉刺史。只要皇帝一声令下，叫董卓撤退出去，他就得乖乖地撤退。那怎么办呢？董卓心里就想，现在皇位上这个十四岁的少帝，是别人扶持起来的，那他一定只会听别人的话，当然了，不称自己的心，如果我董卓可以把这个少帝换掉，换一个新皇帝来听我的话，那不是太过瘾了吗。

董卓自己屯兵城外，吞并了何进的部队，势力大为膨胀，于是开始另立刘协为帝的计划。立九岁陈留王的主意既定，董卓就开始安排饭局，他大发请帖给满朝的文武官员，请帖上面写了四个字：不见不散。

　　表面上，董卓是为了国家着想，要另立一位有威仪的皇帝，实际上，他是想控制刘协，除掉何太后。董卓召开筵席宴请文武百官，当董卓宣布想另立皇帝时，荆州刺史丁原把桌子推开来，猛地站起来，指着董卓的鼻子骂："废掉皇帝，你为什么不把你爸爸废掉，换成我做你爸爸，大家觉得好不好？"

　　没有想到天下竟有这种自找死路的家伙，董卓简直是气死了，他开始唱歌：顺我者生，逆我者死。荆州刺史丁原听完以后，就拍拍手冷冷地笑着说："没有想到你连嘴巴也能够放屁！"

　　这个丁原是谁啊，敢在董卓的面前这么嚣张。荆州刺史丁原脾气的确是不好，可是之所以敢这样嚣张，是因为他最厉害的地方在他的背后，他的背后是比乌龟壳还要厉害的存在。这董卓被羞辱之后，气得把面前没吃完的牛排往丁原身上摔去。说时迟那时快，丁原一个闪身，牛排就飞到在丁原的背后站着的一个年轻人的脸上，牛排贴到他的脸上，啪的一声滑了下来。只见这个魁梧的年轻人面无表情，他正是丁原的干儿子，丁原从关外礼聘而来的少年英雄吕布。他的外形非常俊秀，身材非常漂亮，他身上穿着一件百花战袍，头上戴着一顶金冠，铠甲非常帅气，手上拿的武器是更加惊人，是一柄金光闪烁的方天画戟。

吕布被牛排丢在脸上非常愤怒，虽然努力保持镇定，但不一会儿脸孔便一阵转青，一阵转红，头上插着两根长长的羽毛不断地颤抖着。他咬着牙，青筋暴露。董卓毫不客气地拔出他的长剑劈开了坐前的桌子，包括丁原在内所有的人统统站了起来。每个人都握住了剑柄，肌肉紧绷，不敢随便喘气，这紧张的情势一下子被拉到了最高点，千钧一发，眼看这场血性冲突就要发生。吕布也提起了自己的方天画戟，并说："我吕布纵横天下，一定要把妖魔都扫荡。"吕布最后摆出了一个扫荡妖魔的姿势。

董卓杀人无数，他这辈子也不晓得看过多少场面了，可是就这一次吕布的气势，却让他觉得头皮发麻。眼看双方就要开打，忽然董卓的女婿李儒跑出来了，挡在中间。李儒是董卓的军师，他是所谓的消息灵通人士，很早就听过吕布厉害的记录。这李儒一看到情况不对，赶快赔着笑脸说："大家喝酒开玩笑了，开开玩笑。"李儒觉得自己这么一个人笑，笑得很尴尬，所以他连忙对着文武百官使眼色，现场的这些人立刻会意，纷纷配合李儒的动作，一起在那边打哈哈。这丁原可不屑，他才懒得跟这些白痴一起傻笑，转身就扭住吕布往外头走。丁原加上吕布这么一闹，就使董卓要废掉皇帝的计划当场受到了阻挠。

　　计划受阻，董卓气急败坏，中郎将（皇帝的贴身侍卫）李肃献计，认为吕布不好招惹，不如用金银财宝和赤兔马加以收买。吕布本是反复无常、贪财好色之徒，三言两语就被李肃说动了。当晚吕布就来到丁原房里，一刀砍下丁原首级，投奔董卓，改拜董卓为义父。这么一来，董卓便无所忌惮了。

　　公元一八九年九月初一，董卓请所有的文武官员到了嘉德殿之上。他当众宣布：当今的天子很烂，不配做皇帝，我们要请他下台，拥立新的皇帝。董卓一说完，就让人把汉少帝从椅子上面拉下殿来，命令他跪在地上，并把垂帘听政的何太后的皇后制服扒了下来。这个时候距离公元一八九年四月汉灵帝过世、汉少帝登基，一共才五个月。汉少帝做了五个月的皇帝就下台了。

　　董卓宣布另立刘协为帝，也就是东汉最后一任皇帝——汉献帝。几天后，汉少帝刘辩、何太后被董卓毒死。至此，中央完全落入董卓的掌握中。

　　为所欲为的董卓不但明目张胆地睡龙床、奸淫宫女，更带领军队到民间四处搜刮，抢走所有的钱财和妇女，杀光所有男子，手段之残暴令人发指！眼见董卓如此残虐，司徒王允忧心忡忡，就假借寿宴召集文武百官商量对策。文武百官想到国家被如此糟蹋，不禁痛哭流涕，这时却有一人反而拍手大笑，这人正是曹操！

　　王允很生气，就瞪着曹操说：曹操，我们都在哭，你还笑得出来，你还是不是一个人啊？曹操这个时候笑得更大声了。曹操说哇哈哇哈哇哈哈哈，满朝公卿，从白天哭到晚上，又从晚上哭到天亮，就能把董卓哭死吗？！

　　文武百官被曹操这么一讽刺，都觉得脸上很挂不住，恼羞成怒，他们全都反过来质问曹操：你这个死没良心的，你说得这么容易，难道你还有更好的办法吗？

　　曹操高傲地笑着说：嗯，我听说司徒家里有一把七星宝刀，可不可以把这把宝刀借给我？曹某虽不才，但是愿拿此刀去砍董卓的头，把他的头吊在城墙上面给大家当风铃看。

五　刺客曹操

　　第二天，曹操就带着宝刀去董卓的相国府。曹操故意过了一个多小时才姗姗来迟，董卓大胖子坐在床上，等人等得很不耐烦。董卓一看曹操这么晚才来，就问曹操："曹操，你怎么来得这么晚呢？"

　　曹操就回答说："不是我爱迟到，实在是我的马太瘦，又太烂了，走得很慢，才会迟到。"

　　马慢，怎么可以让部下马慢呢？董卓就想，我正好收买人心，便立刻告诉曹操："做我的部属不可以骑烂马。"董卓把吕布叫进来，告诉吕布："布啊，你去替曹操挑一匹好马，免得他以后老是迟到。"

　　吕布一离开，董卓就坐在床上和曹操谈天，谈累了就躺下来，脸朝里、背对着曹操。曹操见机不可失，正要下手时，董卓却从穿衣镜里看到曹操把刀拔出刀鞘，此时吕布也回来了。危机处理能力一流的曹操赶紧改口说是要献宝刀给相国，并把刀鞘递给了吕布，然后借口试骑新马，却乘机快马加鞭，逃出城去了。吕布

怀疑曹操有行刺的意图，派人去查探，曹操果然已逃跑。董卓大怒，气得吹胡子瞪眼，他找了很多人，画了曹操的画像，到处张贴，悬赏千金捉拿曹操，要是有人胆敢窝藏，无论首从一律处死。

曹操是一个什么样子的人呢？他曾经为了帮大将军何进报仇，对宦官进行了大屠杀，他又为了要帮汉朝除害而试着刺杀董卓。嗯。这样听起来曹操应该是一个热血、有理想、有抱负的青年。的确是这个样子。曹操从小就反应灵敏、机警多智，曹操之所以会这么有心机，跟他的家庭背景有很大的关系。这个人的内心从小就充满了自尊又自卑的情结，自尊是因为他是官宦之家。曹操的爷爷叫作曹腾，是一个宦官，他收养了曹操的爸爸。曹爷爷曹腾这个宦官不得了，他曾经做官做到了大长秋。所谓大长秋，就是当时宦官的首领。靠着家族的庇荫，曹操也是从小就当官。他当过的官包括：洛阳的北都尉，等同于警察局的分局长；骑都尉，就是骑兵队的中队长；典军校尉，这个职务是禁卫军的大队长。曾有人说他在太平时是能臣，在乱世时是奸雄，现在却成了通缉犯。这一天，他易容改装逃到中牟县，结果被县令陈宫认出来，立刻被关进大牢。半夜，陈宫来责问他为何要暗杀董卓，曹操很不屑地训了陈宫一顿，打算慷慨就义。没想到陈宫竟大受感动，反而决定弃官，追随曹操一起讨伐董卓。

　　隔天早上，五更天，有一名中牟县的县民因为有冤情要去击鼓申冤，可是他五更天击鼓击到了六更天，这个县令还不出来。师爷就很紧张了，心里想：会不会是咱们陈宫老板昨天晚上酒又喝多了。他赶快跑到他的房间去，一看，哎呀，县令不见踪影了，真的走掉了，包括他所有的家当，也都不见了。所以师爷慌忙又跑到监狱里面一看，连昨天的通缉犯也不见了。这下他蓦然醒悟：县令竟然跟着通缉犯逃走了。

　　曹操和陈宫两人走了三天，到成皋时天色已晚，便前往投靠曹操父亲的结义兄弟吕伯奢。吕伯奢非常高兴地招待他们，还说要去西村买酒。曹操和陈宫等了很久，不见吕伯奢回来，忽然听到磨刀声，以为吕家要杀他们出卖给官府，便不分青红皂白地把吕家老小全杀光了，这才发现原来他们磨刀为的是要杀猪宴客！

　　错杀好人，只好逃跑，两人跑到一半却遇上买酒回来的吕伯奢。曹操不动声色，竟忽然挥剑杀了吕伯奢，原来他想吕伯奢回到家里，看到一家人全被杀害，一定会去告官，所以"宁教我负天下人，休教天下人负我"。陈宫看曹操如此狠辣，到了半夜想把他杀死，以免将来危害天下，可是却狠不下心，就独自离开了。第二天曹操看陈宫不见了，心想，我刚说了一句千古名言他就跑掉了，我还有很多伟大的话没有说出口。我看还是免了吧，我这唯一的听众就这么跑了。曹操顿时感觉到心里很寂寞，可是他又很担心陈宫跑去报告官府来领赏。就匆匆赶回家找父亲商量大计。曹爸爸曹嵩当过太尉，虽然这个官是花了一亿钱买的，再怎么说，曹爸爸也是见过世面的人，他告诉曹操你要举大事，资金少恐怕难以成事。

六　十八路诸侯讨董

前面讲到曹操的父亲曹嵩是宦官的养子，他立即帮曹操筹措资金。另一方面，曹操举起了忠义大旗召集义兵，向大家说明他们是忠义之师，叫大家一起响应来消灭董卓。还写了一篇声讨董卓的文章，到处张贴。上面说操等仅以大义布告天下，我曹操等人禀着义气要向天下人宣告，董卓欺天罔地，灭国弑君，而且宫廷淫荡，残害生灵，我们要杀了他才能共泄公愤，扶持皇室，拯救黎民。

最后从各方聚集而来了十八路诸侯，其中多是赫赫有名的人物，包括渤海太守袁绍、南阳太守袁术、长沙太守孙坚、北海太守孔融、冀州刺史韩馥、北平太守公孙瓒等。现在是钱也有了，文章也写出来了，人马也聚起来了，终于成立了一个讨伐董卓的大联盟。这大联盟第一件事情当然就是先选出盟主。曹操心里想：既然我是发起人，这盟主的位置，我当然是当之无愧了。可是他没有想到，最后竟然是袁绍最高票当选盟主。袁绍曾经和曹操联手对宦官进行大屠杀，资历上说起来是不亚于曹操的。董卓进京之后，袁绍也跟董卓结下了梁子，就被董卓外放到地方上，担任渤海太守。可是因为袁绍有四世三公这样庞大的身家背景，他们家四代经营下来，当然是桩脚遍布天下，在选举上占了很多便宜。所以一选盟主他就轻轻松松地当选了。

最终结果就是大家选出袁绍当盟主，孙坚做先锋，浩浩荡荡地向洛阳进军。

孙坚，浙江吴郡人士，他平常喜欢穿一身闪亮的红色铠甲，头上戴着红色的头巾来做装扮。据说他十七岁的时候，就在钱塘江边遇到海盗抢劫，所有的人都吓慌了，可是孙坚却有胆子假装指挥官兵，大声叫喊：来人哪，抓强盗，抓强盗。最后海盗就真的中了孙坚的圈套，吓得落荒而逃。他就趁着余威追杀，上去杀了一个海盗，把这个海盗的头砍下来提回家去当晚餐吃，把他爸爸吓了一大跳，从此孙坚在江南一带闯出了名声。

董卓派出华雄迎战联军，两军打得不可开交。华雄放火偷袭，孙坚先锋部队乱成一团，全军覆没。慌乱之中，孙坚只戴了他的红帽子，拿了一副弓箭逃了出来，且身旁只跟着一个部将祖茂保护他。

不管孙坚逃到哪里去，华雄这一队人马都能追到哪里去，怎么甩都甩不掉，怎么会这样呢？孙坚心里正困惑着，他身边的祖茂拉了拉孙坚的袖子，指着孙坚头上那顶很红很红的红帽子提醒孙坚说：孙老板，我们现在是在逃命，我们不是出去郊游哦。原来问题出在那顶红帽子上，就算一百米之外，大家也都看得清清楚楚。孙坚这才恍然大悟，正要往地上丢，却被祖茂一手接了过去，戴在自己的头上。祖茂把敌人的注意力引开，让孙坚逃命。祖茂勒住马，九十度急转弯奔驰而去，引开了追兵，最后却被砍下头颅。

　　联军第一回合就吃了大败仗，没有人敢出去迎战华雄，只能任华雄在外面叫阵嚣张。这时，有一位红脸大汉跳出来请求上阵。这人不是普通人，正是日后三国叱咤风云的关羽！此时，刘备、关羽、张飞还只是北平太守公孙瓒手下的小角色，众人都觉得派一个小兵出战，会被华雄取笑。只有曹操力排众议，命人斟了一杯热酒向关羽敬酒助阵。关羽却不急着干杯，就先上马出战去了。果然，酒还是温的，关羽已提着华雄的脑袋回来了！关羽一战成名，但董卓接着又派出第一战将吕布上阵，刘、关、张三兄弟能不能打得过所向无敌的吕布呢？

/ 容我多两句嘴 /

创造机会前三名

三国从一开始就是个最混乱的时代，同时也是一个充满了机会的时代。每一个在三国中冒头的角色，不管是大角色还是小角色，他们都可以说是这个时代最懂得抓住机会的人。为了抓住机会，每个人使出了浑身解数。有些人凭借武力，有些人靠着派系的力量，有些人标榜自己的贵族血统……投入这场英雄出头的风潮中。

故事一开始，我们就看到了，快崩裂前的汉朝，连崔烈这种读书人也必须花钱买司徒。固然我们内心有许多感慨，可是换个角度想，崔烈何尝不是追随着当时的游戏规则，想尽办法抓住机会，替自己争取最大的利益呢？可惜时代转折，快得超乎崔烈的想象，他押错了宝，也丢了官。

在这章故事中，董卓、曹操、袁绍可以说是创造机会的前三名。他们抓住机会所用的力气与策略，精确地反映出了未来他们将拥有的地位以及权势。

排名第一的董卓接到何进的邀约，立刻毫不犹豫地从西北杀往洛阳城。他接受了李儒的建议，耐心地在城外等待，等发生变乱时，宫廷内部自相残杀，消耗殆尽之后，再以最轻松的方式进入洛阳城。董卓发挥了快、准、冷静的风格，充分地把握住了机会，几乎是不费一兵一卒，以气势夺取了政权。

当然，一开始的第一名未必会持续保持第一，和后来的其他英雄人物相较，董卓只是个贪婪的野心家。董卓把控制皇帝、执掌政权当作他野心的终点，开始停下来为所欲为地享乐，忽略了长期执政所需的扎根、扩张以及成长。这些血腥的欲望，几乎完全消耗掉了董卓统治的正当性。相对于其他人拥有了权位以后的发展，这种以享乐为动机的野心，限制了董卓的成长，使他在竞争的路上很早就停顿了下来。

勇气与经营

　　稍微细心比较一下，就可以发现袁绍、曹操是比董卓更加心思灵巧的人。在这章中出现了乱世中常见的一个画面：统帅被杀，对方心战喊话，大声宣布："投降者无罪！"历史上，十之八九的部属都会在惊慌失措的情况下选择自动投降，少有例外；但袁绍、曹操却做了一个和其他人不太一样的选择——他们发现自己拥有武力上的优势，立刻决定发挥他们掌握的优势，进宫去把宦官全部杀光。这样的抉择在历史上少有。一个英雄之所以和其他英雄不同，很多时候就在于面对机会的关键点时所做的抉择。

　　而这种当机立断的勇气使得袁绍和曹操注定要成为三国时的重要人物。

　　三国当然还有很多懂得抓机会的人。像靠着宫廷谋杀当上了国母的何太后就是其中之一。何太后拥有皇帝儿子、拥有大将军哥哥，以她的资源，恐怕宫廷中没有人是她的对手，可惜何太后性格非常不统一。她可以毒死灵帝的小老婆，可是却不能贯彻始终，继续用狠毒的手法排除异己。她一方面用很强硬的态度面对董太后，一方面又对宦官心软，这种摇摆不定的态度使得何太后很快就被斗争了下来。至于何太后所倚仗的哥哥何进虽然贵为大将军，他的表现更像是原来那个杀猪的屠夫。尽管他手下拥有像曹操、袁绍这么好的人才，他却没有听进他们的意见；尽管他有那么高的地位，却丝毫没有学会任何宫廷政治的精要，以至于最后被宦官们用非常简单的手法杀掉。

抓住机会或许可以得到暂时的权力，然而想要更长期、牢靠地拥有统治权，需要更细致的思维与经营。

同种竞争和自然竞争

枭雄大展威风的时代，其实也就是皇帝最倒霉的时代。光从《皇帝，快跑！》这个章名就知道做皇帝不但不爽、不快乐，还会很倒霉！我相信很多人听这一集时，都会深切关心九岁陈留王的安危。像陈留王这样镇定、会演讲、仪表出众、见过大场面的小朋友，如果生在今日，一定是最受家长老师喜爱、同学崇拜的小孩。可惜陈留王生长在帝王之家，他这样优越的条件为他带来的后果竟是受到董卓的青睐，而青睐的结果是让他变成一个称职的傀儡，以及痛苦的一生的开始。

这些躲在故事后面的气氛以及反思，正是历史最深沉、最迷人的地方……

关心崩溃或是灭绝的人，或许可以在这一章里面找到一些满意的答案。历史上所有的崩溃几乎都有着相同的道理，甚至是相同的轨迹。诺贝尔生理学或医学奖得主洛伦兹研究过雁鹅的生态后发现：在雁鹅的交配过程中，翅膀肥厚、色彩鲜艳的雄雁鹅较容易吸引雌雁鹅。雄雁鹅同种竞争的结果是翅膀越来越肥厚、色彩越来越鲜艳，一代代演变下来的方向自然也是如此。然而这些同种竞争的优胜者，却是大自然中的失败者。它们因为翅膀肥厚飞不动，因为色彩鲜艳而容易被猎人发现，这一切都造就了雁鹅面临灭亡的危机。类似的故事可以在所有面临崩溃的朝代、组织发现。当同种竞争的方向和自然竞争的方向相反时，崩溃的种子就开始种下了。这样的思考标准，当然可以让我们重新用来审视任何组织，或者是当代的政治、教育、经济等所有的领域。

在这章中，汉朝面临着同样的问题。没有人意识到整个时代是饥荒的、恐怖的，自然的竞争或是历史的竞争，需要的是让人民生活安定、富裕、吃得饱。这些历史进化所需的营养元素，在东汉末年同种的竞争中完全被忽略掉，朝廷上下更多的是血腥、暴力，女人跟女人吵架，男人跟男人打架，小孩跟小孩斗争……

于是，我们有了这样的眼光与理解。

汉朝崩裂了。

番外

屠夫的女儿是怎样爬上龙床的?

汉朝规定每年八月搜寻美女,由高级国务官"中大夫"、宫廷事务署主任秘书"掖庭丞"和面相术士负责。地点以首都附近的乡村为主,标准是十三岁以上、二十岁以下的良家女子,外貌端庄、身材姣好,合格的便送入皇宫。经复审选出更美丽的,最后送上皇帝的龙床。据史书记载,何皇后原本是南阳郡屠户的女儿,她贿赂主持选美女的宦官郭胜才得以进宫,后来生下皇子刘辩,才从贵人(第一级妃子)跃上"国母"宝座。

粗鲁的董卓也会耍心机

董卓想换掉汉少帝的想法一产生，就开始安排饭局。他大发请帖给满朝的文武官员，没有人敢不去。而且到了董卓的府上，一下马，就给所有的人都发威士忌一瓶，没有喝完的人不准进来。董卓这种喜欢搞权谋的人设计出来这种把戏，为的就是要给大家一个下马威，叫大家都要配合他的规则来进行游戏。文武百官是无可奈何，只好乖乖把酒灌下去，大家醉醺醺地走进了宴会。会场上一片酒气冲天，而且董卓就在想：把你们灌得稀里糊涂的，换什么皇帝你们都搞不清楚，一次就都通过了。这董卓可大牌了，他慢吞吞地走进来，缓缓地坐在位子上，只见 Waiter（侍者）送来了一盘牛排，他慢慢地切着盘中的牛排，每切一刀，他就骂一声，烂、烂、烂，这时文武百官就跟着紧张，等董卓吃完了这些牛排，他才开口说："当今的皇帝够烂，枉为人君，不像他的弟弟陈留王看起来聪明、好学又有礼貌。"董卓一边说一边又叉起另一块牛排，他指着文武百官说出了把汉少帝废掉换成陈留王的想法。

第二章
貂蝉的魔法爱情

一　董卓迁都长安

　　十八路诸侯联合讨伐董卓，好戏登场。联军先损失了孙坚带领的一大票兵马，但接着董卓的猛将华雄也被关羽斩杀，于是董卓立刻派出超级战将吕布应战，将盟军打得节节败退，又占了上风。十八路诸侯一路惨败，毫无策略，只能你看着我、我看着你，最后大家把目光集中在盟主袁绍身上。

　　袁绍的大将文丑和颜良偏偏不在身边，袁绍只好再打关羽牌，没想到张飞急于表现，已先一步冲出去。吕布才一转身，黑脸张飞已经拿着丈八蛇矛戳了过来！两人戟来矛去，始终不分上下。关羽和刘备在一旁看弟弟始终收拾不了吕布，就一起加入战事。三位英雄齐战吕布，吕布渐渐招架不住，就往刘备的脸上一戳，刘备急忙躲闪，吕布趁机飞马逃了回去。

　　最厉害的吕布一败，董卓的意志立刻就瓦解了，像泄了气的皮
球。军师李儒当即建议迁都长安，李儒帮董卓分析道："这十八
路诸侯之所以非要攻下洛阳，不过为了两件事。一是洛阳是首都，

有着重要的统领意义，每一个人都想占领首都；二是在洛阳城里有太多的金银财宝，现在我们来个迁都，把都城迁到长安去，即使他们占领了洛阳，洛阳也只是个普通城市，失去了政治作用，财宝我们也可以一并带走啊！"董卓觉得此计大妙，而且觉得长安城易守难攻，再加上自己的大本营和西凉部队统统驻守在长安附近，那里才是自己真正的势力范围。董卓立刻派遣五千名部队，斩杀所有洛阳城的富翁，没收其钱财，活着的人被斩杀，财产充公。董卓又派人去充当"考古队队长"，将历代皇帝皇后的墓穴挖开，取走所有陪葬的金银财宝，然后押着汉献帝前往长安。沿路放任士兵奸淫掳掠，临走前还一把火将整个洛阳城焚烧了。一路上为了加快速度，跟不上队伍的老弱妇孺都被杀害，沿途百姓哭喊连天，大家回首望向洛阳，只见黑烟蔽日，火焰四起，一夕之间帝都洛阳化为一片焦土。

二 曹操兵败荥阳

　　盟军先锋孙坚带着部队进入洛阳，结果洛阳城只剩下一片焦土，就像一个垃圾焚化厂。一心想求封赏的诸侯们不禁都大失所望，只有曹操主张乘胜追击，刘、关、张立即表示赞同，没想到三个人的老板公孙瓒却阻止三兄弟响应，袁绍与众诸侯也全都意兴阑珊。大家当初都觉得讨伐董卓这件事情有名又有利，最后却竹篮打水一场空，捞不到什么好处。曹操大怒之下便独自带领一万多人马连夜去追赶董卓。

曹操部队追剿董卓。董卓虽然走得匆忙，但是好歹有二十万的兵马，他之所以会怕，是以为十八路诸侯联盟全部都追过来了。他抽空回头一看，发现只有曹操一支，兵力又那么少，相比之下就是老鼠在追着猫咬嘛。结果曹操在荥阳中了董卓设下的埋伏，被吕布逮个正着。曹操慌忙令夏侯渊、曹仁迎敌，但都打不过吕布的铁骑部队。曹军一路败逃到一荒山中，曹操被一箭射中左肩落马，眼看要被两名小兵杀死，幸好曹操的堂弟曹洪及时赶到才得以幸免。眼看前有大河、后有追兵，曹洪当机立断，奋不顾身地背着曹操渡河，才终于惊险万分地回到盟军总部。一万人马最后只剩五百。曹操知道，他们再不赶快逃回洛阳，就会全军覆没。曹操一到洛阳就大骂诸侯，还是想煽动他们继续讨伐董卓，曹操知道众诸侯无法真心合作，就宣布脱离盟军，愤然离去。

眼见曹操如此嚣张，袁绍身边的兄弟就有点不高兴了，就对袁绍说："这个曹操口气这么差，态度这么恶劣，要不要差个人去修理修理他？"袁绍笑了笑说："他都惨成这样了，可怜他都来不及，干吗还修理他啊。"

三 玉玺风波

曹操离去后，众人一副闲闲没事干的样子，只有孙坚无法忘记他所见过的洛阳皇宫的繁华，他脑中一直浮现着宫殿的模样，不但忙着扑灭皇宫大火，并亲自监督建造新宫殿。没想到在宫殿附近的一口井里发现一块玉玺，原来是秦朝留下来的传国玉玺。孙坚心想，这是天意要他当皇帝，于是立刻决定向袁绍辞行，但有一名小兵去告密，袁绍说："昨天你还好好的，今天怎么就病了呢？恐怕你得的是玉玺病吧？"便逼孙坚交出玉玺。孙坚发誓没拿，袁绍当然不信，把密告者带出来，孙坚拔剑要杀死密告者，袁绍也拔剑相向。孙坚大怒，但怕打不过对方，就马上带着部队扬长而去。

这下袁绍可火大了！立刻写信请驻在长江上游的荆州刺史（州长）刘表去修理孙坚。双方展开一场恶战，孙坚损兵折将，只能勉强保住玉玺逃回长江下游的老家。

孙坚回家后闷闷不乐，越想越不爽，决定要报仇，于是重整军备，带着长子孙策逆流而上去攻打刘表。战事一开，孙坚的部队就士气高昂、锐不可当，把刘表围困在襄阳。

刘表眼看难逃一死，忽然灵机一动，让吕公带领小队人马突围，高傲的"拼命三郎"孙坚果然也带了很少的兵马去追杀。孙坚一马当先，被引诱进入山林，结果中了埋伏，山林中乱箭、滚石齐发，孙坚连人带马惨死在岘山山下，时年三十七岁。

吕公继续等在树林里，待孙坚带领的其他人全部被杀死后，便放起连珠号炮，刘表在城内听到信号声，就立刻带领人马杀出城外。孙坚的部队一时间失去了统帅，陷入了一片混乱，被迫退到汉水边，全靠着孙坚的忠实将士保护着孙策上船。

在节节败退中，孙策率领的一部分人马临危不乱，杀死了吕公、俘虏了黄祖。孙策回到营中才知道父亲已死，他不愿父亲的尸体流落异乡，就派人带着黄祖去交换孙坚的尸体。刘表虽答应交换，但从此两方结下了不共戴天之仇。

四　董卓为所欲为

十八路诸侯窝里反，董卓挟持汉献帝躲到长安去，东汉已成了无政府状态。众诸侯开始争先恐后地抢地盘。袁绍决定要抢夺冀州，于是要公孙瓒去攻打冀州，到时他再接管，两人二一添作五。没想到冀州牧（州长）韩馥性情怯懦，不战而降。袁绍觉得公孙瓒没出力，不愿分地给公孙瓒，公孙瓒派弟弟去谈判，没想到人还没见到袁绍，在半道上就被袁绍埋伏的人杀死了。

公孙瓒立刻发兵攻打袁绍。十八路诸侯分崩离析，就这样公然火并起来，这种情况被董卓看在眼里，不禁大大松了一口气。

十八路诸侯自相残杀，董卓就更无顾忌了，他自封"尚父"（皇帝尊崇大臣所加的尊号，表示视同对父亲般敬重），出入的排场比皇帝还大，还在长安西边盖了一座完全比照皇宫的城堡，叫"郿坞"，在里面过着酒池肉林的生活，有时甚至将投降的士兵或意图叛变的人宰杀来吃。一次宴会中杀死张温，说他叛变，威胁文武百官。在这样恐怖的气氛下，司徒王允每天忧心忡忡。一日回到家里，正在牡丹亭畔仰天垂泪之际，忽然听到家中最美丽、最出色的歌伎貂蝉也在叹气，原来貂蝉视王允如亲生父亲，所以也替他操心。王允心生一计，便把貂蝉找进屋中，忽然跪下求她帮忙消灭董卓，解救百姓于水深火热之中。

五 东汉女间谍

王允在长时间接触董卓和吕布之后，发现两个人有一个共同的特点：好色。于是王允想出一条计策，由貂蝉以美色从中离间董卓和吕布。貂蝉从小受王允照顾，一直没有机会报答养育之恩，毫不迟疑地就答应了。于是王允先送了一顶嵌着明珠的金冠给吕布，等吕布登门道谢时，王允以"英雄"之称把吕布夸奖得不知所以，然后貂蝉登场了！果真是美呆了！吕布被迷得晕头转向，王允表示要将貂蝉许配给吕布，并另择良辰吉日让吕布来明媒正娶。接着，王允又趁吕布不在时邀请董卓来家中吃饭。貂蝉隔着帘子跳舞，董卓一看之下可不得了，连连称赞貂蝉美如天仙。王允表示要将貂蝉献给董卓，并亲自把貂蝉送到相府。王允送貂蝉回来的路上，才走到一半，吕布骑马赶来，气急败坏地责问王允为何要把貂蝉

送给董卓，王允推说是董卓硬抢走的。吕布恨得牙痒痒，第二天潜入相府偷窥貂蝉，貂蝉故意愁眉不展又频频落泪。从此以后，吕布便常常偷偷到相府看貂蝉，更恨极了董卓。

有一天，董卓发现吕布在盯着貂蝉，气得命令他再也不许进房一步。吕布又羞又恨，两人关系越来越恶化。貂蝉见时机成熟，就趁董卓外出时和吕布在凤仪亭相见，并哭着要自杀。吕布心疼万分，急忙安慰貂蝉，两人正缠绵依偎时，恰巧被董卓撞见。董卓大怒，拿起方天画戟要戳死吕布，吕布一溜烟地逃跑了。李儒看到这一切，就劝董卓要胸怀天下，干脆把貂蝉赐给吕布，这样吕布一定会永远乖乖地臣服。董卓回房后，问貂蝉愿不愿意去服侍吕布，貂蝉故意假装要拔剑自尽以示贞烈。董卓当然舍不得，哄了半天才让貂蝉放下剑。当天，董卓就把貂蝉带回郿坞，至此，吕布和董卓终于彻底翻脸了。

六　霸业灭亡

吕布眼睁睁地看着心上人离去，痛心不已，找来王允商议。王允故意表示自己和吕布都是被董卓欺压，并鼓动吕布的英雄主义和仇恨意识，力劝吕布大义灭亲，成为辅佐汉室的忠臣。吕布听得热血沸腾，立刻拔刀刺手臂为誓，决定和王允共谋大计。

　　王允深知董卓想当皇帝，于是派遣使者骗董卓说汉献帝要把皇位让给他。董卓高兴得不得了，命心腹守着郿坞，穿上官服前往长安。行车不到三十里，居然断了一个车轮；接着不到十里，连马的辔头也坏了！董卓心生疑虑，使者向董卓解释此为改朝换代的吉兆。等车驾进入宫殿后，董卓看到王允等人各执宝剑站在大殿外，卓大惊，连忙喊吕布来救命。没想到吕布冲过来一刀砍下了董卓的脑袋，再杀死李儒，并带着人马杀往郿坞，没收董卓的所有财物，带走貂蝉。王允命属下绑缚董卓的尸体游街，士兵又在董卓的肚脐上点油灯，油灯烧了三天三夜，一代霸王只留下了一地的油脂。

　　董卓死后，剩余的部将逃回西凉，写信回长安想请求赦免，但王允不答应。西凉谋士贾诩指点李傕、郭汜、樊稠、张济干脆杀入长安，结果吕布被四人缠得手忙脚乱。董卓余党乘机打开城门，西凉军长驱直入，吕布落荒而逃，王允被四个小贼逼得自尽。四人控制中央，要求汉献帝封官封侯，中央再度失控。

七　曹门血案

　　在混乱的局势里，曹操不动声色地收服了三十万黄巾军余党，并当上了兖州牧（州长）。他开始招兵买马，阵营越来越庞大，许多人前来投靠他，他手下文有谋臣，武有猛将，威镇山东，人气超强！这时，他想把在徐州养老的父亲曹嵩接到兖州。徐州州长陶谦一心想讨好曹操，就命张闿带领五百人送曹嵩去兖州，并赠予许多金银。途中有一天遇上大雨，一群人在古寺歇宿，张闿和属下密谋，把曹嵩一家老小全杀光，带着金银财宝躲入山林当强盗。

　　曹操得知全家被杀，以为是陶谦下的命令。他咬牙切齿地决定要血洗徐州，以报此不共戴天之仇！大军举着"报仇雪恨"四字白旗，曹操身穿白衣，扬着马鞭破口大骂，根本不听陶谦解释。眼看又要掀起一场腥风血雨的大战，忽然有一人表示自己有一个小计策，可曹操死无葬身之地！此人究竟是谁？又到底有何妙计？

/ 容我多两句嘴 /

跟着曹操还是袁绍?

《奇葩三国说》从一开始就呈现出一个群雄并起的时代。我们从第一章内容里,很容易就发现,最懂得掌握住机会的前三名英雄分别是董卓、袁绍、曹操。他们之中,谁会是未来成功的候选人呢?打个比方说,如果是董卓、曹操和袁绍开的公司,你想应聘谁的公司,去做他们的新进员工呢?

袁绍继承了"四世三公"这块汉朝天子御赐的金字招牌。很明显,显赫的家世也是他最有力的"核心竞争力"。在整个讨伐董卓的过程中,我们看到袁绍为了自身利益不继续攻打董卓。照理说,有了汉朝的威信才有"四世三公"这块金字招牌，为了维护"四世三公"这块金字招牌，再怎么说也要奋战到底。可惜的是，袁绍竟然公开表现出意兴阑珊的态度；更糟糕的是，身为讨董大联盟的领袖，袁绍却屡屡屈就现实原则，公然抢夺韩馥的领地，还和公孙瓒打仗。按说袁绍应该照顾联盟里的成员，表现出老大哥恢宏的气度，没想到袁绍因为贪婪、野心，不顾作为一个领导者应有的气度。袁绍短视近利的目光，使他失去了继续作为领导者的机会，也是他自己，把"四世三公"这块最可贵的金字招牌给砸了！

相较之下，曹操是个更优秀的角色。从慨然决定行刺董卓，我们可以看到曹操的热情；从他想到献上七星宝刀，又可以看出他的聪明。集热情、聪明于一身的曹操在十八路诸侯里，是唯一主张要追杀董卓的。不过，这时的曹操由于太年轻，只有满腔的抱负理想，还未学会真正现实的原则，以至在荥阳之战中，遭到董卓反扑，几乎面临家破人亡的惨境。有趣的是，曹操不是那么容易被击垮的人，这整个过程让曹操学到很多现实与人情世故。这个经验使他储备了更多实力，以至于将来遇上更大的挫折时，曹操不再那么轻易就会被打败。

董卓与三兄弟一灭一起

在这两章的内容中，有一个很聪明但一直没有受到重视的人，他就是董卓的女婿李儒。事实上，李儒是一个非常阴险的角色。最早，他建议董卓的大军驻守在京城外，等待时机。之后当董卓碰上丁原阻挠换皇帝的计划时，李儒一眼就看出了丁原真正的实力来自吕布，进而策划了种种谋略除去吕布这个威胁。后来他更提出了迁都长安的建议，使得十八路诸侯各自算计，四分五裂。能看见表象的事物底下的关键点正是李儒最厉害的地方。有了李儒，董卓才能不断地称霸。可惜董卓后来为了貂蝉，不再接受李儒这个智囊的意见。董卓放弃了他自身最重要的核心能力时，就是他一步步走向灭亡的开始。

新登场的刘、关、张三兄弟在这章的表现是惊人的！他们以一个刺史手下县令的马弓手的地位，竟做到了十八路诸侯都做不到的事。只是目前三兄弟好像是超级业务员，只有业务而没有其余公关、营销以及管理的能力。因此，他们三兄弟虽然能够冲出很好的业绩，但想发展成一个大的公司、大的组织，甚至想成为一方之霸，恐怕还得经历很多折磨和挑战，并找到更好的管理以及策划的人才才行。

如果吕布生在现代

至于吕布这个迷人的笨蛋,他的人生高潮几乎全在这一章中度过。遗憾的是,以吕布出场的气派、以《奇葩三国说》对他造型的描述,都让我们对他抱着很大的期望,期望他能够发光发热。不幸的是,吕布一直表现出男性猪哥的一面,他一直没有发光发热,只有发春!浪漫的三国迷会喜爱吕布,这有两个原因:第一,他很帅,这是二十一世纪大众所认同的偶像特质;第二,他很深情。他被爱情冲昏了头,虽然这让他日后失败了,却也是他迷倒痴情男女的个性。或许吕布在三国的成功排行榜落后到一百零八名以外,但他在迷人排行榜上,绝对是名列前茅的巨星。

吕布一身本事,在三国时代全部都是缺点,可是吕布如果生在现代,那他的很多缺点都会化为娱乐版上的优点。好比说他和貂蝉的爱情,正是绝佳的绯闻题材;他的英俊、帅气、好身手可使他成为天王;他爱钱如命,收入排行榜绝对会居高不下……这种种都足以炒作新闻,让他常保"话题王子"超级巨星的地位,可惜吕布生错时代入错行!

女性机器人

讲到吕布，不能不提貂蝉。华人世界里每次提到历史上有名的女性，排名最前面的通常是美女，我们经常用"四大美女"这样的字眼来凸显女性外貌的重要。如果有一天能把"美"字和"女"字分开来，选出四大才女、四大能干女生，或许对女性会公平些。不幸的是，过去男性优越主义的传统，让大家还是对美女有最高的好奇心和兴趣。

四大美女中，依照时代排行，第一个是西施，第二个就是貂蝉。我们在这章中，听到的貂蝉不太像一个合理的、活在世上的女生，她比较像是一个被输入了毁灭程序的女性机器人，照着主人的意志去执行所有的动作，精准地把男人摧毁掉。这个表现角度反映了以男人为中心，把女人的美色当成工具使用的态度，从来没有人管过貂蝉心里在想什么。她在所有男生束手无策的关键点上蹦出来，解决了男生的问题，最后被分派给吕布。很奇妙的是，她的美色在阴谋结束后突然变得不重要了，她还是一样美丽，可是男人不再为她疯狂，不再把她当作宇宙的中心。虽然这的确也反映了貂蝉是个无中生有的虚构角色，然而很讽刺的部分正是：如此出色的女性角色，一点都没有自己的梦想，没有自己的性格，完成了任务就直接下台。一千多年来，从来没有人对这件事提出抗议，实在让我们深深为貂蝉，以及貂蝉所代表的古代女性地位抱不平。

貂蝉没有梦想、性格，只有一项挑拨任务。挑拨里最主要的关节是误会。相信很多人听到董卓和吕布被挑拨得反目成仇，都会很直接地反应："哦！这两个男人真是太笨、太猪哥了！"可是把目光转向日常生活，看看身边的人（包括自己）被挑拨时的反应，你就会了解到挑拨是一种威力非常强大的传统阴暗智慧。我们期望把貂蝉的动作分解剖析之后，能让大家增强这方面的免疫能力。在王允的连环计里我们可以发现，原来任何一件事都可以用不同的方法去诠释它，不同的诠释造成截然不同的感受和心情。挑拨别人的人运用不同的观点来诠释同一件事，但被挑拨的人被逼到只能从一个角度去思考。这种挑拨与被挑拨的原则是历史上不变的法则。

因此，作为一个现代人，我们应该学习让自己有更开阔的胸襟、更多重的视野与观点去看待一件事情。一旦我们因为被挑拨而产生激烈情绪时，最好站在利益与我们冲突的人的立场重新反省一次：对方会用什么观点看这件事？我又应该用什么样的观点来看？也许这么一想，对方所有挑拨的企图都会昭然若揭，我们不但不生气了，还会哈哈一笑！这样我们嘻嘻哈哈地听了《奇葩三国说》，应用在日常生活中，将时时刻刻都拥有愉快而美好的欢乐人生。

番外

超级凯子比一比

汉灵帝刘宏和董卓都很奢侈，也都很迷恋巨大的东西。刘宏除了修建大佛像、大钟、大独角兽、大蛤蟆，还建了一个特大号浴池，将西域进贡的香草浸泡在池中与美女共浴。董卓不喜欢铜佛、铜钟、铜怪兽，他在郡县盖了一座巨大的城寨，墙高七丈、厚七丈，全城储存足可供应二十年的米粮。

另外，刘宏和董卓都很喜欢乱封官爵。董卓的弟弟、侄儿掌握兵权，连小老婆怀中的婴儿都封为侯爵，顿时政府里挤满董姓家族。刘宏更夸张了！他喜欢玩狗，竟然封狗为"狗爵"，官位高的狗头戴官帽、腰佩彩带，神气活现地窜进钻出，真是狗眼看人呢！

徐州的故事提供了许多的案例，让我们一再地做了许多权力三角学的练习与学习。历史固然混乱，可是许多脉络让我们发现，大部分的兴亡盛衰都有一个道理。违逆这个方向，很容易自取灭亡。顺应这个道理，创造核心优势，恐怕是所有的乱世中不变的生存法则。

卷二
灾难徐州

关键人物：曹操 吕布

第一章
那一夜，张飞喝醉了酒

一 曹操挟天子以令诸侯

董卓死了以后，汉献帝以及长安落入了董卓手下的四个军阀手中，各路诸侯眼见天下情势大乱，纷纷各占山头抢夺地盘，杀杀杀……这些诸侯当中，曹操凭着实力，先后讨伐了黄巾军的余党，也就是所谓的青州军。

曹操不但讨伐黄巾军余党很顺利，接连又击败了袁绍的部队，拥有了兖州这块根据地。他不但拥有了兖州，还当上了兖州的州牧。成了州牧之后，曹操要接父亲曹嵩前往兖州颐养天年，没想到陶谦手下张闿见财起意，曹家百余口全遭杀害。这使得曹操怒气难消，立刻点起了大军，而且命令全部的军队都穿上了白色的丧服。军队的前面竖立了两面旗子，上面大写着"报仇雪恨"四个大字。大军往徐州杀去。这些大军所到之处不问青红皂白，不管男女老弱，只要是看到人就杀，一共屠杀了徐州十几万的老百姓。

曹操借着报仇名义，血洗徐州，这可把徐州州牧陶谦吓坏了。此时糜竺献计可向北海孔融求救，孔融又转向刘备求援。自从讨董卓联盟解散之后，刘备从平原县令升为平原太守，这官位虽然不大，不过这刘、关、张三兄弟过去斩杀华雄、大战吕布的光荣记录，从出道以来没有任何败绩。这名声可响亮了。他们收到孔融寄来的求救信，刘备看了信之后讲了一句名言："孔北海知世间有刘备耶。"刘备觉得非常惊喜，孔融从小就有神童的名号，一直是逸闻界的Superstar（巨星）。刘备觉得自己只是小咖，没有想到，孔融竟然认识我。一股知遇之恩涌上刘备的心头，所以刘备立刻率领全城三千人马，冲向北海，杀退土匪。

正当刘备带着兵马奔向徐州时，曹操却在此时退了兵。

原来是吕布煽动曹操手下杂牌军，把他的根据地兖州给占领了。吕布觉得占领兖州是他替天下杀掉董卓应得的奖品。其实曹操和吕布这两个人早就有过节儿了，想当初，曹操跑去刺杀董卓的时候，就是因为吕布好死不死，突然牵马跑回来，害得曹操刺杀到一半，功败垂成。接下来，曹操率领着诸侯去讨伐董卓，又在荥阳这个地方中了吕布的埋伏，差点连老命都送掉。

曹操一听吕布占领兖州，觉得事态非同小可，连夜赶回大后方收拾残局，却接连两次中了吕布和陈宫的计谋。陈宫就是前面所说放走曹操的中牟县县令，经过吕伯奢的事件之后，陈宫十分痛恨曹操，所以他一听说吕布和曹操打仗，立刻自愿投效吕布，来替这个没有脑子的吕布想点子。

幸亏得力助手典韦和夏侯渊相救，曹操才保住一命。

死里逃生的曹操没有太多时间沮丧，将计就计，立刻就发布消息：曹操因为过度烧伤，死掉了。以诈死的谣言引诱吕布出兵，才终于收复兖州。可还是让吕布和陈宫这两个家伙给逃跑了，曹操很不甘心。他本来想乘胜追击，没想到竟然接到汉献帝写来的求救信。原来汉献帝手下的人出了计谋，让郭汜、李傕起内讧，结果却是李傕劫走汉献帝，郭汜则劫走了文武百官，之后伏皇后又献计出游，汉献帝才有机会逃跑，然后被杨奉、董承二将保护带走，逃往陕北。

一路上山贼土匪聚集，汉献帝心想此非长久之计，写信向曹操求救。曹操抓住机会打败李傕、郭汜，迎汉献帝，将国都迁往许昌，开始了挟天子以令诸侯的风光日子。

二　荀彧使出离间计

　　曹操实在没有料到自己能够从天下诸侯当中这么快就脱颖而出，还把皇帝掌握在自己手上。但所谓国仇家恨，曹操虽然说是解决了汉献帝的危机，可是他自己爸爸的仇还没有报，曹操跟徐州的这笔账还没有算完。

　　此时的徐州形势已和之前大不相同，刘备援救徐州的事迹让徐州牧陶谦感怀不已，三度要把徐州让给刘备，但刘备一直推辞。直到陶谦临死前，他不断地恳求刘备并且以手窒息闭目而死，众人举哀，跪地痛哭。刘备本来还想推辞，可是想一想推辞了三次，应该够了，才答应暂代陶谦。于是，刘备从此正式从小咖登上了台面。这徐州根本就是块烫手的山芋。如果让给刘备，还有一点点希望能够抵抗曹操的屠杀，这是老百姓唯一可以过好日子的机会。

　　徐州是曹操朝思暮想要夺下来的，他辛苦了半天，甚至拿他自己爸爸的死当借口在徐州搞大屠杀，都没有得到徐州的半点地盘，现在竟然眼睁睁看着刘备这种小咖捡了一个现成的便宜。曹操此刻有皇帝在手上，可以说是如日中天，要他接受这样的挫折，实在是太难为他了。他对徐州再度虎视眈眈，刘备好不容易崭露头角，现在一出道就要面对这么可怕的强敌。刘备还真是有点担心。

　　吕布和陈宫这两个人被曹操从兖州给赶了出来，这两个人只好一路逃窜，一边跑一边看地图。陈宫在收听气象报告的时候，忽然听到新闻插播：

　　"新闻快报：徐州刺史陶谦日前因病过世，过世之前，陶谦特别当着所有媒体公然把徐州州长的职务移交给知名度并不高的刘备，而州长印信以及办公室将在陶谦过世之后，举行移交典礼。新任州长刘备的发言人表示，除了关羽以及张飞，刘备将不会携带自己的任何班底进驻。原来，州政府的公务人员渴望全部留任。徐州近来屡遭战乱，对于新的政权是否能够稳住政局，学者专家都不看好。预知进一步详情，请锁定本频道，收听下一节整点新闻。"

　　陈宫听完新闻广播，高兴得简直像中了大奖一样！他跟吕布分析："董卓已经死了，你看，徐州被曹操大屠杀过，我们也被曹操修理过，咱们一样都被曹操欺负过，既然有共同的敌人，应该互相帮忙。过去荥阳埋伏、火烧濮阳城，都曾经好几次打败过曹操，您这种有经验的将军，刘备肯定欢迎都来不及！"

　　吕布听完陈宫的分析之后，脸上就马上露出了微笑，他们立刻掉转马头转向徐州。吕布吩咐陈宫把收音机的声音再调高一点，因为吕布很清楚，下一个小时的整点新闻，吕布投效刘备的消息立刻就会成为焦点新闻。

果然是个重要的大新闻。刘备一听说吕布要来，赶快带着人马到了徐州之外三十里的地方，热情地列队迎接。他跟吕布肩并肩骑着马，一起走进州政府。这时候，徐州艺女中的乐仪队还奏乐迎接！他们就一起到了州长办公室。到了州长办公室，吕布一坐下来，看着办公室里面的装潢以及气派，不客气地拍着刘备的肩膀说："刘大州长，我在兖州帮你们跟曹操打得死去活来，而你在这里当州长！看报纸吹冷气，你可发了！兄弟这么惨，要靠你多照顾啦！"

就这样，在识时务者为俊杰的情况下，吕布投靠了刘备，刘备便请吕布留守前线小沛。

曹操对刘备捡了现成当上了徐州的刺史本来已经不太高兴，现在呢，他在许都又听到了刘备收留了吕布的消息，大怒不已。曹操现在打仗打得多了，变得不再像从前那么横冲直撞。这一次，他学会了使用谋略！于是接受了谋士荀彧的建议，请汉献帝下令正式承认徐州州长为刘备，附带条件是要杀掉吕布。刘备宅心仁厚，这种没有道义的事情，他做不来，所以，他的州长证书收下了，不过对于曹操指定的任务，刘备告诉曹操要杀吕布，容缓图元，以后慢慢再说吧。亏得曹操这么聪明，竟然白白被刘备骗去了这张州长证书。没关系，一计不成再生一计！接着荀彧又献上一计，请汉献帝下诏书要刘备攻打袁术，同时飞书密函让袁术知道刘备的计划。只要两人打起来，不管谁输谁赢，曹操都可以渔翁得利。

三　张飞醉酒误事

可怜这个刘备，得到了皇帝下的诏书开始烦恼，要打袁术这个任务对他来讲，根本就是不可能的！因为袁术占据了扬州，兵强马壮呀！凭刘备手上区区兵力，怎么去打袁术呢？

被曹操陷害了！

旁边就有人劝告刘备："哎，这是曹操在陷害你呀。"

可是刘备就说："汉献帝已经开口了，汉献帝姓刘，我也姓刘，我一定要听话。"

刘备立刻就率领着关羽以及徐州的军队南下，去讨伐袁术。

临行之前，特别交代张飞要好好守住徐州城。刘备忧心忡忡地说："张飞，你爱喝酒，喝完酒又爱打人，脾气又暴躁，你看，已经开始暴躁了，都不听人家劝，我实在是很不愿意让你守这个城。"

这个时候，张飞就对天发誓："哥，我用生命跟你发誓！第一，俺不喝酒！第二，我脾气不暴躁！"

口口声声要老大哥刘备安心、声称自己绝不喝酒误事的张飞，没想到死性不改，果真喝得烂醉如泥，酒醉时得罪了吕布的姨岳父曹豹。曹豹转而向吕布告状，诉说心中的委屈，还故意挑拨离间，刺激吕布说："吕布，你是堂堂的盖世英雄，竟然甘心在这边小沛当刘备的看门狗。我告诉你，现在张飞喝得烂醉如泥，徐州城里毫无防备，如果立刻率兵去打徐州的话，打下徐州城是易如反掌！"

吕布本来当看门狗就当得很不高兴，而且他对张飞反感之至！加上吕布旁边还有一个陈宫在那边说："啊，这小沛呢，本来就不值得我们待很久，现在徐州有机可乘，如果不打的话，将来我们大家回想起来，一定会后悔。"

吕布心想：刘备出城，张飞又醉醺醺，机不可失。马上出兵攻打。

吕布的部队到了徐州，张飞已经醉得手脚发软，天旋地转！这张飞呀，连马都爬不上，更不用说打仗了。张飞身边的人无可奈何，只好保护张飞逃出了徐州城，去找刘备。

吕布轻轻松松就占领了徐州，还有刘备的两个太太。

面对关羽的责骂，张飞感到非常内疚，刘备却安慰他：兄弟如手足，妻子如衣服，衣服破了可以缝，手足断了就不能活了！从此桃园三结义的情感更加深厚。

吕布得到徐州，得意扬扬，又以刘备的两个太太为人质，要刘备守徐州前线小沛。刘、关、张三兄弟眼看兵力薄弱，只好接受。

四　吕布辕门射戟

虽然刘备匆匆退兵，但袁术内心怨气难消。他为了提防吕布和刘备联手，准备了米粮数十万袋、金银珠宝无数赠予吕布，目的就是要吕布别管这档事。吕布的军师陈宫发觉不对劲，如果刘备镇守的前线小沛被攻陷，那徐州城岂不门户大开，自身难保吗？

为了解决这个难题，拿人手短的吕布只好来个"射戟逼退法"，约了刘备和袁术部队的大将军纪灵两人，以射戟作为这场仗究竟该不该打的决定性好方法。吕布将方天画戟插在地上，倒退一百五十步说，我将箭射出，如果可以一举射中戟上的小枝，双方就握手言和，不再互斗。此时袁术的部将纪灵暗中窃笑，没想到嗖的一声，吕布的箭正中戟上的小枝，纪灵大惊，吕布立刻欣喜地表示这是天意。袁术和刘备可能互斗的激烈场面，就在吕布精彩的射戟中，轻松地化解了。

纪灵因为吕布射戟事件只好收兵回禀袁术，为了弥补未完成的任务，纪灵心想：袁术有个儿子，吕布有个女儿，不如大家来结个亲家，多了这道姻亲关系，就不怕刘备除不掉。吕布的军师陈宫一听，立刻答应，他们打的如意算盘是：一旦袁术当上皇帝，吕布不就可以攀亲带故当上皇亲国戚了吗？就在准备敲锣打鼓、将吕布的女儿送出去时，徐州退休太守陈珪连忙喊停，对吕布咬耳朵说，你这不是把女儿送去当人质吗？袁术想称帝？这种造反行为只会让大家找到借口讨伐他罢了。吕布想了一个烂借口，连夜派人把女儿给追了回来。最倒霉的是那个袁术派来的媒人，本来促成这桩政治婚姻是一桩大喜事，他还领到了一个大红包，没有想到现在红包也被吕布收回去了，自己也一下子变成了敌人派来的奸细，被吕布关到了监牢里。

于是这桩各怀鬼胎的政治婚姻便画上了休止符。

曹操听到了这个消息，很高兴吕布并没有和袁术连成一气，所以他立刻请汉献帝封赏吕布为"平东将军"。自从拥立了汉献帝之后，曹操开始了他的政治考量。吕布固然是很可恶，但是为了打击想要自立为皇帝的袁术，曹操必须乘机拉拢吕布。他还在吕布的身边留下了一对间谍父子党。阻止这桩政治婚姻的陈珪老先生，还有陈登这一对父子党，都受到了封赏！

曹操表面上是拉拢吕布，实际上他又暗暗地联系上了陈珪、陈登这对父子党，请他们担任自己的间谍，靠近吕布的身边就近监视其行动。

陈珪陈老先生是退休的太守，他领了汉朝一辈子的薪水和津贴，自然是效忠汉室。所以曹操一搬出汉献帝，陈氏父子就立刻百依百顺、言听计从。

这么一场复杂的徐州风云，让我们见识到了曹操深沉的谋略和心机。为了要得到徐州，曹操真的做到了见缝插针、见洞灌水，悄悄把自己的影响力一步一步伸到了徐州的每一个角落。

五　徐州风云再起

袁术被吕布吞掉了二十万袋的米粮，还有一大堆的金银财宝，连派去的媒人都被关到监牢里，求亲也失败了，这被传为年度政治笑话。

被吕布耍得团团转的袁术，自卑加自大的心态作祟，一气之下决定提前称帝，他从保险箱里拿出了传国玉玺，建国号为仲氏。

原来，孙坚死了以后，玉玺就遗留给的儿子十七岁的孙策。袁术看孙策年幼可欺，又一心想为父亲报仇，就拿了一些老弱残兵，还有从跳蚤市场买来的二手兵器，跟孙策交换来这颗传国玉玺。

袁术很认真地重新规划他的领土，颁封了很多官员，拿着玉玺在公文上面乱盖一通。

称帝后的第一件大事便是带领二十万大军进攻，一心一意要杀进徐州城泄恨。没想到一眼望去，前方一阵尘土飞扬，原来刘关张兄弟打了过来，吕布也从东边夹击，孙策从江西面来袭，曹操北方的十七万大军也出现了。袁术这个皇帝，位置尚未坐稳就跌个东倒西歪，奄奄一息地夹着尾巴回到了淮南。

一场仗打下来，袁术出局了。在战争的过程中，谁的兵力比较强，谁的计谋比较高，通通都毫无保留被看得一清二楚。所以一旦像袁术这种共同的敌人被消灭了以后，参与战争的各路人马，就都忙着补强自己的弱点。这当中，尤其是吕布和刘备，见识过曹操的大军以后，深感自己势单力孤，纷纷扩充军备，招兵买马。于是吕布和刘备又互相开始看着不顺眼起来。

糜竺建议刘备干脆去投靠曹操，因为他最恨吕布了。结果曹操果真出兵帮刘备。

这一次曹操派出的主帅是夏侯惇，在第一场交战中，就被吕布的部将"嗖"的一箭射中左眼。

"怎么这么倒霉呀，真是的！"

夏侯惇虽然被射中了左眼，可还是非常豪放。他把箭拔了出来，上面还连了一颗眼球，他大吼道："身体发肤，受之父母，不可毁伤，孝之始也！"说完以后，他就"咕噜"一声，把眼球吃到肚子里去了。

第一仗就打败了。曹操没办法，只好亲自率领军队去讨伐徐州。他跟吕布的军队，在徐州边界上一个叫作"萧关"的地方展开了长期的对峙。

吕布为了应战，把徐州城留给陈珪看守。没想到陈珪、陈登父子其实是曹操这方的间谍，两人联手算计吕布，老间谍陈珪趁着混战时，让小间谍陈登先到萧关去打探军情。所谓打探军情，只不过是表面的借口，陈登故意等到了天黑之后，才赶到萧关。他故意装着上气不接下气的样子跑去见萧关的守将，也就是军师陈宫。

"现在吕布将军特别叫我趁黑夜一定要赶来向你求救，你什么都不要管了，赶快带着所有的部队离开萧关，回到徐州去支援吧！"

陈宫就被骗了，他立刻率领着萧关所有的军队，倾巢而出赶到徐州救吕布。陈宫的军队刚离开萧关，陈登就立刻在萧关的城头之上放起信号弹来了。外面曹操的部队一看到信号，立刻带人冲进了萧关里面，把萧关很轻松地给占领了。

军师陈宫带了所有的人马赶到徐州，但另外一边吕布带了所有的人马加速赶到萧关。这两个人的军队在黑夜当中就相遇了，根本搞不清楚对方是谁，还以为是敌人，当场两边就打了起来，打得莫名其妙、一塌糊涂！

黑暗当中两方人马一片混战。终于，天慢慢亮起来，这时候，吕布才看到对方的首领就是满脸都缠着纱布的军师陈宫先生。

吕布当场就大叫一声说："啊！被耍了！"他赶快整理剩下的

所有部队，急忙要奔回徐州去。

他抬头一看，只看到徐州满城墙上面都已经插满了曹操的大旗，只剩下一个陈珪老先生，还站在徐州城的城墙上"呵呵呵"地傻笑。

他趁着天黑，把吕布留下来的这座徐州城直接献给了曹操，现在高兴地笑得面部神经都麻痹了。

可怜的吕布，一夕之间失去大片江山，只剩下最后的根据地下邳城。被困住的吕布还想向袁术求救，但是曹操的兵马将其围得密不透风，吕布根本无法出城。求救不成的吕布只好和曹操继续僵持。曹操虽然兵力强大，但是眼看粮食快吃光了，四方又有强敌虎视眈眈，他开始犹豫要不要退兵，这时候头号谋士郭嘉立刻献上一个威力强大的计谋。郭嘉的计谋到底是什么？吕布能不能扳回一局？徐州又会掀起什么样的风浪呢？

/ 容我多两句嘴 /

在三国纷乱尘埃落定前，除了之前我们提过的机会主义外，另外有一件事，在这场角力赛中不能够忽视，就是权力的三角学。

政治最原始的练习题就是权力与关系的互动。而在这其中，最基本的关系就是三个相互竞争的势力形成的三角习题。在这样的三角习题中，除非有一个超强的霸权，否则，就如同几何数学中三角形任意两边之和必大于第三边的原理一样，拉拢次要敌人，共同打击主要敌人，变成了求生存求胜利最重要的法则。

《奇葩三国说》进入了徐州这个阶段，正好让大家看到权力的三角课题是如何在三国被英雄精彩地应用，被笨蛋愚蠢地忽略。

这个阶段的三国可以说是任何对于公共事务以及政治、行政运作有兴趣的人，绝对不可错过的经典章节。

曹操很懂权力三角学

先来看看在这个阶段最大的胜利者——曹操。基本上，曹操一生的行事风格、作战谋略是有阶段性的。从他迎奉汉献帝、挟天子以令诸侯开始，正好是一个很明显的分野。

迎奉汉献帝之前的曹操，以骑兵部队快速移动的作战战术取胜。这时候的曹操，依赖着部队的移动进攻速度快，以类似牧羊犬赶羊群的方式，以少胜多，以轻驭重，将黄巾军的乱兵残党围到山谷里，等到他们弹尽粮绝之际，再逼他们投降，接收了这支人数不少的部队，成为他的作战核心。

这样的打仗方式，以一种爱拼才会赢的精神意志，很像是早期台湾的中小企业经营方式，苦拼实干，就算遇到了挫折，只要打不死，根本顾不得伤口，立刻急着爬起来寻找下一个机会。我们可以看一下早期的曹操和吕布的战役，一场失败才来，曹操立刻就发动了另一场战争。曹操凭着这种苦干实干的精神，击败了吕布这个悍将。

从"慎谋能断"的观点来看，这个时期的曹操是属于能断而不太有谋略的。曹操是个精力充沛的人，他可以连败连战，调整策略，立刻再投入战场。他不愿意浪费太多的时间去评估究竟这场仗该不该打，胜算有多大，他是个learning by doing（从行动中学习）的人，"快而能断"的处理模式容忍了失败的可能性，曹操利用这些失败来修正他的战略。正因为这样，十八路诸侯讨董卓时，挟着汉献帝西去长安，他出兵追杀，反而在荥阳遭到反扑。他出兵攻打徐州时，也落得兖州后方叛变，整个局势被吕布搞得乱七八糟。

这时候的曹操，像是个超级业务员，虽然一直做了不少的业绩，可是因为只顾往前冲，难免常常收到呆账，公司面临周转危机；不但如此，做了那么久，也一直无法创造出应有的品牌和形象来。汉献帝的求援使他有了一次翻身的机会，曹操看准这是一次契机，决心把自己的集团，经营成一个有规模、有品牌的集团，所以在别人都在一旁观望，不敢下来蹚这浑水时，他勇敢地迎奉了汉献帝这个超级大麻烦，同时也是超级大招牌。

这个决定，彻底地改变了曹操的命运。所谓的格局决定了结局。曹操拥有了汉室正统之后，开始修正自己的策略。我们可以很清楚地看到，这时候的曹操慢慢找到了自己的优势及利基点和他的行事风格，渐渐地，也显露出了谋略重于决断的趋势。这个时期的曹操，处世的态度更加沉稳、风格更加诡谲，从曹操对徐州的做法，就知道他充分运用了权力三角学中，三角形的两边和恒大于第三边的原理。

徐州的第一个三角关系是曹操与在徐州城中的吕布和刘备这一强两弱的小三角关系。第二个三角是代表兖州（曹操）、扬州（袁术）以及徐州（刘备、吕布）这两强一弱的大三角关系。曹操在处理这些问题时，放弃了以前穷追猛打的策略，而是送了官位给刘备，想请刘备去杀吕布，好挑拨这两个人的感情。在这个谋略被刘备识破之后，曹操认知到刘备是真正可怕的对手，于是继续利用汉献帝的权威挑拨刘备去和另一个三角形中的强权袁术对打。这些做法再次让我们感觉到，曹操已经不再是那个有理想、有抱负，很容易冲动的年轻人，他是在这场中原的十年大混战中少数没有犯过错误的谋略高手。

吕布搞不清主要次要敌人

在徐州权力学中的小三角关系里，以拥有的筹码而言，抢了徐州城之后的吕布，兼有陈宫这个谋士，他原本是最有机会冒出头的英雄。可惜吕布太缺乏原则，也缺乏长远的眼光，生命中没有任何真正的愿景。

他一生都被欲望与自大的脾气所左右，以至于他在权力的三角学上左右摇摆，一会儿投靠刘备，一会儿又是袁术，一会儿又是曹操。他的脑筋与精力都花在像辕门射戟这种小聪明上。吕布的一生都在做短线操作，他只想快速地抢到地盘、得到财富。这些欲望使他失去了判断谁是主要敌人、谁是次要敌人的能力，错误连连。这使得吕布最后变成一个不可信任的对象，没有人愿意与他合作。只好在徐州权力三角习题的竞争上，在别人的合纵连横之下落单，渐渐趋于下风。

合乎主流的刘备品牌

徐州的小三角关系中的另一个角色刘备，他在徐州的状况简直可以说是死里逃生。他柔弱的身段与超高的 EQ（情商），绝对可以成为弱势小国，或是处在强权环伺中的所有弱势族群、个体最好的学习范本。

　　照说，刘备出生为一介平民，没有背景，没有所谓的"招牌"，也没有功绩。在这场优胜劣败的淘汰赛中，如果有人必须先出局的话，很可能刘备就是首当其冲。因此，对刘备而言，生存最重要的法则。可是，如何才能求得生存呢？刘备很清楚，光靠关羽与张飞的武力绝对不可能赢得一切，因此，如果他要生存下来，在这个阶段，他必须在形象与品牌上创造出一种合乎历史主流的价值。

　　这种价值是什么呢？这种历史的渴望在所有的乱世都是一样的，那就是安定与秩序。因此在另一个安定的大力量出现之前，刘备选择了汉献帝这个旧的正统，这个旧的正统不断地在提醒人民一个太平、安定的时代。在秩序上，刘备选择了仁义道德、礼贤下士、温良恭俭让这些传统的领导者必备的条件。刘备的这些选择，在当时看起来虽然少了一些魅力，可是在一个动乱，没有真理、法治、道德的时代，这样复古的号召，对人民与历史其实是充满了吸引力的。

　　为了这些形象与品牌，刘备受到的考验其实是很严苛的。像为了尊崇汉献帝，刘备不得不受曹操的控制，硬着头皮去和袁术打仗；也是为了自己仁义道德的选择和形象，他才不断地推掉陶谦徐州州长的位置；也是因为仁义道德，即使被吕布再三欺负，也得和吕布称兄道弟，和他继续周旋。刘备绝对是个政治动物，他不太有自己的人生，他的一切都以政治集团为优先考虑。像当张飞丢掉了徐州时，刘备为了巩固军心、士气以及兄弟之情，立刻说出"衣服破，尚可缝，手足断，安可续？"这种双妻放两边，仁义摆中间，除了老婆以外，任谁听了都暖心的话，不像吕布爱女人这种罗曼蒂克，敢嫁给刘备的女人，最好先要有这种心理准备。

刘备当然是个不及格的情人，可是从政治的生存能力来看，他是优秀的，他是兄弟们心中的好大哥、是人民心中的好领导者，他的这些形象以及一贯性坚持，使得很多人都乐于和他合作。也因为有这种可以合作、可以利用的竞争优势，刘备终于在这场艰困的生存战争中，安然渡过危机，成为曹操心目中可敬的对手，存活了下来。

袁术致命的决定

看徐州权力学大三角关系中的袁术，是件非常有趣的事。

袁术出身于政治世家，所以在权力学的运作上，他一直有自己的眼光和一定的水平。他知道谁是次要敌人、谁是主要敌人，也知道联合次要敌人、打击主要敌人的原理。这从吕布拿了钱爽约、一而再再而三地对不起袁术，他还是捺着性子不生气，愿意低声下气地联合吕布对抗曹操中，就知道袁术的现实感与权力学的专业水平其实是很强的。

可惜的是，袁术并不是一个 EQ 很高的人。让袁术真正和吕布翻脸的原因是自己儿子和吕布女儿的婚事被吕布悔婚了。这件事，使得名门望族的袁术拉不下脸来再对吕布露出笑容。也因为这个情绪，袁术踏出了错误的第一步——放弃与吕布的联盟。我常说最可怕的还不是错误，而是对错误做出错误的反应。袁术觉得吕布之所以不愿和他结为儿女亲家，是因为吕布看不起他只是一个太守，为了凸显自己的存在，袁术决定要当皇帝。

在权力的三角学中不能联合次要敌人打击主要敌人当然是一个缺失，可是自己主动做了一件事，让所有的次要敌人、主要敌人统统被迫联合起来修理自己，简直就是自找死路了。《道德经》中曾说："一曰慈，二曰俭，三曰不敢为天下先。"当皇帝不是什么天诛地灭的事（因为当时联合起来修理他的人或他们的家族，后来都当了皇帝），但是袁术低估了传统的力量。历史固然在转变，可是袁术当皇帝的决定回头看，是稍嫌早了一点（他如果愿意再等个二十几年，那时候，魏国、吴国、蜀国的皇帝都出现了，以袁术的资历，想当皇帝恐怕没有人会觉得奇怪了）。先锋者固然可以卡位，但如果真的太过早产，被传统灭顶也就在所难免了。（《侏罗纪公园》的作者，美国畅销作家迈克尔·克莱顿在被问到写出畅销作品最困难的地方在哪里时，他说：要超越时代，但不能超越得太远。远近分寸的拿捏，是最困难的事。）

袁术这样的个性与他的家族息息相关。袁绍虽然是他的哥哥，可是却是庶出之子。袁术这个大太太生的儿子向来看不起他。可是命运安排，袁绍被过继给袁术的伯父，后来反而成为袁氏家族对外的代表，爬到他的头上去了。袁术一生的人格都在这种自尊与自卑的落差上摇摆，因此当他一受到刺激就很容易失去政治专业的训练，做出致命的决定。

从三国这些人物的成败中我们发现，领导人专业的修养固然很重要，但领导人本身的个性与风格是更重要的因素。

徐州的故事提供了许多的案例，让我们一再地做了许多权力三角学的练习与学习。历史固然混乱，可是许多脉络让我们发现，大部分的兴亡盛衰都有一个道理。违逆这个方向，很容易自取灭亡。顺应这个道理，创造核心优势，恐怕是所有的乱世中不变的生存法则。

第二章
曹操的不伦恋情

一　曹操大获全胜

曹操把吕布逼到下邳城后，谋士郭嘉想出一个计策，就是利用泗水和沂水泄洪来淹没下邳城。果然，吕布一行人被困在水中，眼看逃不出来。吕布躲在下邳城里面，眼睁睁看着洪水淹过来，一点办法都拿不出来，所有的人都被困在咕噜咕噜的水当中，很痛苦。可是吕布竟然不在乎，他说："我家住在高楼大厦，我不怕水啊。"整天和大老婆、貂蝉喝酒作乐。

下属宋宪和魏续实在忍无可忍，决定要背叛吕布，于是趁吕布喝得不省人事时，把他绑住，送去献给曹操。曹操一收到大礼，毫不客气地攻入下邳城，把陈宫、张辽等将领统统抓起来。吕布、陈宫立刻被处死，只有张辽因为关羽力保而被赐爵关内侯，任中郎将（警卫指挥官）。

拿下下邳城后，曹操带着刘备去见汉献帝。汉献帝得知刘备是中山靖王的后代，很高兴自己有亲人，赶快叫人从图书馆里找皇室的家谱出来查，查来查去，发现如果真的照辈分算的话，刘备算是汉献帝的叔叔。这汉献帝突然冒出来一个叔叔，而且听说很会打仗，他高兴得不得了，立刻封刘备为左将军、宜城亭侯，还称他为"皇叔"。汉献帝如此重视刘备，曹操看在眼里、不满在心里，就借着办庆功打猎活动来探知皇帝和众人是否遵从他。当天，曹操带领十万部队与汉献帝并肩同行，甚至还用皇帝专用的金箭

射中一头鹿，文武百官以为是献帝射的，都高呼万岁，曹操还很得意地上前道谢，完全忽略了汉献帝的存在！

二　煮酒论英雄

曹操如此嚣张，汉献帝当然很不能忍受，就悄悄找来伏皇后的父亲商量。伏老爹建议献帝把曹操的所作所为写在诏书上，缝进玉带里，再偷偷交给国舅董承看。等一切都布置妥当之后，皇帝才宣布要约见国舅董承。

国舅董承接旨之后，就进宫去见汉献帝，汉献帝表现得很诡异，莫名其妙地对董承大加称赞一番，董承觉得很奇怪，所以他问道："不知皇上召我前来有何要事？"

董承不问还好，他一问，这下变成皇上加上皇后两个人一起对他大加称赞一番，还送礼物。送给他整套的锦袍，接下来汉献帝亲自把那条藏有密诏血书的玉带，从自己的腰上摘下来，硬要送给董承。

董承觉得很不好意思，这么贵重我怎么敢接受呢？汉献帝很不耐烦，把董承的耳朵拉过来，就对着董承的耳朵说悄悄话，他说："你回去看一下这条玉带里面，就知道啦。"

董承虽然觉得莫名其妙，可是皇帝今天表现得这么诡异，一定有一些蹊跷，所以他就战战兢兢地捧着这件锦袍和玉带走出皇宫来。

一走出来刚好就碰到了曹操。皇帝召见董承这件事情实在是太可疑了，曹操的耳目那么多，怎么可能不知道。曹操一见到董承就问："皇帝没事找你干吗？"

董承本来就挺怕曹操的，现在又说不出来个所以然，讲话变得颠三倒四。曹操看到董承手上拿着皇帝送的礼物，就问董承："咦，皇上怎么会送你东西呢？怎么都没有送给我东西呢？"

曹操一把就将董承手上的锦袍玉带统统抓过去，在那边东看西看检查了半天，还对着太阳光照那件锦袍，可是都没有照出什么东西来。

曹操就顺手把这件锦袍套在自己的身上，对着董承说："送给我吧。"

他吞吞吐吐地对曹操说："曹曹曹曹曹丞相你喜欢，我另外做一件送给你吧，这是皇……皇上送的，怎么可以转……转送。"

曹操听到这里就笑了说："哎呀，怕什么，跟你开玩笑的。"

董承总算把锦袍和玉带带回了家里，他照着皇上的吩咐东看西看看，一不小心靠蜡烛太近，把玉带衬里给烧开了。

　　董承发现，原来腰带里面竟然有一封血书——是皇上的血书，一字一句含泪泣血，控诉着皇上自己如何痛恨被曹操控制。皇上希望朝廷中的有志之士，大家一起振臂高呼，救自己出火坑。

　　董承知道皇帝如此受气，立刻找人签署反曹联盟书，并找刘备来一起对付曹操。刘备看了皇帝的诏书，当然也是义愤填膺，但他是个思虑周密的人，为了防止被曹操杀害，就天天种菜浇水，装出一副胸无大志的懒散样，让曹操失去戒心。

　　有一天，曹操忽然约刘备去喝酒，两人在梅树下一边喝酒一

边聊天，曹操忽然问起刘备当今谁算是英雄？刘备故意胡乱讲几个人名，曹操忍不住把这些人都批斗一番，最后说真正的英雄只有他自己和刘备！这句话吓得刘备连筷子都掉在地上，幸好恰巧打雷，刘备就假装被雷吓得掉了筷子，看到刘备这么窝囊，曹操不禁怀疑起自己的眼光了。

三　徐州争夺战

曹操和刘备固然是当今的英雄，但袁绍也不是省油的灯。他先吞并了韩馥的冀州，又消灭了公孙瓒，黄河以北全是他的天下。而自立帝号、搞得众叛亲离的弟弟袁术又在这时候宣布要把帝号和玉玺交给袁绍。刘备一听到这个消息，趁机主动向曹操要求带兵去拦截袁术。袁术送玉玺去给袁绍，就一定会经过曹操占领的徐州，如果刘备主动跟曹操要求说要带兵去徐州，把袁术给拦下来，这样他就有机会光明正大地摆脱曹操的监控。

曹操立刻拨给他五万人马，刘备就光明正大地逃跑了。

曹操把五万人马分配给了刘备去徐州拦截袁术的事情传到曹操的谋士郭嘉以及程星的耳中，两个人连忙跑去跟曹操说："呀，这刘备根本就是一只大老虎，你现在放虎归山，他以后一定会咬人！

就算你不想杀他，也不可以给他军队呀！"

曹操一听，哎呀！恍然大悟！他连忙派许褚率领五百兵马去把刘备给叫回来。

许褚领命之后，赶快就出发去追刘备，追了很久都没有看到刘备的踪影！

刘备的军队一到徐州就遇上袁术的人马，关羽、张飞大展神威，张飞二话不说挺起他的丈八蛇矛直接就进攻袁术的先锋，向纪灵杀过去。

张飞跟纪灵打了不到十个回合，"噗"一声就把纪灵刺于马下，纪灵一命呜呼！可怜的纪灵，这下真的是叫天天不应，叫地地不灵了。

袁术一看到自己的先锋竟然落马，气得亲自出马，他指着刘备大骂："你这个卖草席的下贱东西！"刘备听完袁术骂他之后，也只是笑了笑。他后退两步，对着左边张飞、右边关羽各使了一个眼色。

说时迟，那时快，眼看着张飞跟关羽两个人大手一挥，五万兵马倾巢而出，当场把袁术杀了个落花流水。袁术本来就不得人心，这下一打败仗，他手上的士兵跑的跑、溜的溜。不但如此，还有人窝里反，把剩下的粮食全部都抢走了。袁术逃命时病倒吐血而死。

刘备一行人终于又回到徐州，刘备以前就在徐州待过，待的时间虽然不算长，可是对刘备来讲，他人生当中所有美好的事情都是在徐州发生的。刘备在徐州娶了甘夫人，还有糜竺的妹妹糜夫人。

这一次他重新回到徐州，徐州的老百姓都很高兴再看到刘备。纷纷放下手边的工作，在城门两边夹道欢迎。州长车胄高兴得要摆酒宴请刘备，而前来迎接的人正好是刘备的老部属。老部属感念刘备的恩德，就说出曹操早已命令车胄在城内埋伏杀手要杀掉刘备！关羽、张飞听了，激动得立刻冲去徐州。

一行人趁着夜色，来到徐州城门下，然后对着里面大喊："曹大人特使特来传递曹大人密召，车州长快快出来迎接！"

他们不费吹灰之力就进城砍死了车胄，并带着车胄的人头准备迎接刘备回去做州长。

刘备看着车胄的人头失魂落魄，当场跌坐在地，他说："完了！"

"完什么？大哥！好不容易杀了车胄，再把徐州给抢回来，怎么会是完了呢？"

"完啦完啦完啦……"刘备不停地摇着头，很痛苦地看着关羽说，"二弟，你们这样子做，是公开跟曹操撕破脸，曹操的人马那么多，他怎么可能善罢甘休呢？你们这个样子搞，不是又害得徐州的老百姓要陷入战火之中了吗？"

　　徐州的政权几度更替，现在又戏剧性地回到了刘备的手中。刘备借了曹操的兵马，杀了曹操的将领，夺了曹操的城池，还参与了宫廷内秘密反对曹操的行动。曹操对刘备这么地急于笼络，偏偏刘备扮猪吃老虎，曹操岂能咽得下这口气。

四　玉带诏书风波

　　徐州再次回到刘备手中，火最大的人是曹操，最伤心的人则是反曹签署发起人董承，他因为忧虑过度，终于病倒。汉献帝叫御医吉平去医治董承，结果吉平发现董承想杀死曹操，并看了藏在玉带里的诏书。吉平当场咬断手指，发誓要去毒死曹操。两人讨论得口沫横飞，完全没注意到家中的仆人在旁偷听得一清二楚，到了深更半夜，仆人就把所有事情都密告给了曹操。

　　第二天曹操假装头痛，命令吉平帮他配头痛药。可怜的吉太医根本不知道已经发生什么事，还以为机会来了，煎了一碗毒药要给曹操喝。曹操故意要吉平先尝尝。吉平一看大事不妙，一不做二不休想硬灌曹操喝下毒药，左右侍卫连忙上前抓住吉平，曹操气得叫手下把吉平拖进董承家中，严刑拷问幕后主使者。吉平假意说要招供，才一松绑他就一头撞死了！

吉平自杀，曹操命手下搜查董承家，结果找出玉带里的诏书和签名反抗曹操的名单。

曹操拿起了诏书，大骂："可恶，我对皇帝一家人这么好，结果这一家人都跟我过不去！"曹操怒气冲冲地奔向皇宫，找皇帝的一家人算账。曹操一看到汉献帝就问："这董承谋反你知不知道？"不过，曹操还不至于嚣张到要把汉献帝本人给宰了。

于是曹操处死名单上的所有人，并株连九族，接着又冲进宫中找汉献帝，把一匹白布丢给董承的妹妹董贵妃，要她自行了断，并宣布以后所有外戚都不可以进宫。汉献帝只能哭哭啼啼，眼睁睁地看着怀了龙种的董贵妃被勒死。

经过曹操这样一折腾，汉献帝陷入了更绝望的处境。他从小就失去妈妈，失去爸爸，接下来失去兄弟姐妹，现在连亲戚都不能到皇宫里来看他，曹操把汉献帝的三千御林军都换掉，改派曹洪率领精锐部队看守皇宫。沮丧的汉献帝在皇宫里面走过来走过去，到处一片愁云惨淡，汉献帝受不了这种气氛，他忍不住高声叫喊，空旷的皇宫也传回来一模一样的回音。

五　不伦恋情

　　清理完宫廷内的叛徒，曹操恨不得立刻出兵去攻打刘备，可是碍于北有袁绍、南有刘表和张绣，他不敢轻举妄动。尤其是张绣，曹操一想起他就头痛！张绣是董卓死后霸占长安的四个军头之一——张济的侄子，张济战死之后，张绣接管了张济的部队，再跟荆州刺史刘表连成一气，专门扯曹操的后腿。公元一九七年，张绣发动了第一次对曹操的战争，打了没有多久，张绣就发现自己不是曹操的对手，很快就投降了。

　　本来张绣向曹操投降了，可是曹操偏偏和张济的寡妇邹氏有不伦恋情，还日日饮酒作乐，派大将典韦看门！

　　纸包不住火，所有的不伦之恋都会有曝光的一天。

　　果然曹操跟这个寡妇邹小姐的丑闻，很快就传到了张绣的耳朵里。张绣觉得有辱家门，气得要杀死曹操。谋士贾诩就献上计策：派人把典韦灌醉，再偷走他的兵器。

　　当天晚上，典韦果然中计，醉倒在曹操房门口。曹操和邹氏正在房里亲热，忽然门外一阵喊杀的声音。曹操一看，不得了，到处都着火了，曹操可紧张了，急急忙忙去叫典韦。

　　典韦迷迷糊糊地醒来，这才发现千军万马已经一拥而上！无奈武器被偷走了，他只能随意拿小兵的刀，甚至用两个士兵的身体当武器，杀死几十个敌人。张绣的手下吓得只敢站在远处用箭射典韦，好不容易典韦才因中箭过多、血流满地而死。

曹操发现大事不妙，赶紧骑上汗血马逃离。一路上，曹操右臂中箭，马也被射中眼睛，幸好大儿子把马让给他骑，才险险捡回一条命，但也牺牲了儿子及手下第一猛将典韦。后来曹操不甘心，再度讨伐张绣两次，但两次都被张绣打败，从此张绣盘踞在荆州一带，成为曹操的噩梦。曹操只要听到张绣这两个字，就会不自主地手脚发麻。因此尽管曹操想杀掉刘备，却苦于袁绍、张绣在旁虎视眈眈。

这时候有人建议曹操干脆去说服张绣来结盟，没想到曹操派使者去见张绣的同时，袁绍也派使者去了。一边是挟有天子的正统代表，一边军多兵广势力大，张绣左右为难。一旁的贾诩很干脆地帮张绣决定选择曹操，因为曹操想称霸天下、气度够大，虽然先前结下梁子，但曹操不会公报私仇。

六　再失徐州

刘备很清楚曹操已经处理完了宫廷的政变，现在又跟张绣结盟成功，接下来曹操要修理的对象当然就轮到自己了。这下子刘备可紧张了！他开始部署徐州城的防务，但刘备深知他现有的实力敌不过曹操和张绣。再三考虑后，刘备决定去拉拢袁绍，就写了信派孙乾去和袁绍谈。偏偏袁绍的儿子生疥疮，袁绍只是心不在焉地敷衍孙乾，孙乾在旁边口沫横飞地讲了半天，一直都被婴儿的哭声打断，更糟糕的是刘备辛辛苦苦写的那封信竟然被放在婴儿的尿布的旁边，被泡得黄黄的，刘备的字迹一片模糊。

曹操得知袁绍无心帮助刘备，立刻召集二十万大军进攻徐州。守在前线小沛的刘备全无主意，没想到张飞竟然想到一招：偷袭。可惜曹操不但没上当，反而将人马埋伏起来，引诱张飞深入陷阱。张飞果然中计，眼见四面埋伏一冲而出，张飞只好掉转马头，拼命往芒砀山逃亡！

刘备眼见情势告急，只好带领军马出城援助，结果遇上埋伏的乐进、徐晃、夏侯渊，被打得七零八落！更糟糕的是，小沛也被曹军放起火来！刘备只好舍弃徐州，一路往袁绍的领地飞奔而去。

这下曹军的攻势势如破竹，转眼只剩下关羽镇守的下邳还没落入曹操手中。曹操可不希望关羽拼死抵挡，他很想劝服关羽来归顺。这时，最佩服关羽的张辽自愿担起了这个不可能的任务！

一切照计划进行，曹军把关羽逼出城应战，关羽虽然是超级英

雄，毕竟寡不敌众。他正准备要突围时，张辽忽然单枪匹马来说
服他投降。关羽视死如归，不肯对不起刘备，但张辽很有技巧地
定关羽三大罪：第一，万一刘备、张飞未死，还需要关羽协助，
若关羽先死了是不义；第二，不顾刘备的两位夫人是不仁；第三，
汉朝还没复兴，这时候死去是不忠。关羽听了，真是进退两难！
他不能死，又不愿投效曹营，到底该怎么办呢？

/ 容我多两句嘴 /

白门楼军事大审

在这章故事中，吕布白门楼之死是个重要的人性放大镜，他接受军法审判的过程，让我们清楚地看到曹操和刘备的人格特质。

曹操的军队组成分子大部分来自攻打后收编的降将、士兵，是超级的杂牌军队。也因为曹操从收编别人的部队起家，他一辈子可以说都在睁大眼睛找寻人才。特别是对待降将时，曹操从来不计较过去的恩怨，他一直以"能不能为我所用"为最高、最重要的原则。这其中两个最主要的评估标准就是：一、这个降将是不是人才？二、将来他的忠诚度够不够？

以吕布为例，他曾是董卓手下的第一猛将，也有强悍的战斗力，所以基本上吕布绝对是个人才，曹操在白门楼审讯吕布时，也曾一度犹豫，要收留吕布。但刘备提醒曹操："你忘了吕布是如何对待丁原和董卓的，他这两个干爹怎么死的了吗？"这句话让曹操觉悟到虽然吕布是个人才，可他的忠诚度实在是太低了。这个提醒，把吕布送上了断头台。

相对于吕布，张辽所显现出来的对过去老板的忠诚就令人佩服得多了。加上关羽适时出现，愿意为张辽说项，并且劝服张辽归顺，使得张辽符合了曹操人才与忠诚两个重要的评估标准，放了张辽一条生路，让他进入了曹操阵营。事实上，张辽后来成为曹操阵营中重要的战将，也证明了曹操这个抉择是正确的。

曹操的爱才固然传为美谈，但是这个美谈的背后，同时存在着曹操"不能用之必杀之"的哲学。这个哲学，可以从曹操对吕布的军师陈宫的态度上一窥端倪。陈宫对曹操虽然曾经有救命之恩，可是陈宫识破了曹操"宁教我负天下人，休教天下人负我"的枭雄心态，在吕布失败之后，仍然破口大骂。曹操并不是没有感情的人，可是理性的思考让他知道，陈宫不但无法为他所用，如果放他一马，到头来他还会去帮助别人来对付自己。因此最后还是忍痛杀了陈宫。

在白门楼的军法大审判中，最令人跌破眼镜的，恐怕还是刘备的表现。刘备从头到尾一直给人充满安定和秩序、仁义与道德的感觉，在这场审判中却完全破了功。刘备在徐州一直忍辱负重，和蛮横不讲理的吕布称兄道弟，可是在最后吕布毫无还手之力时，露出了狰狞的面孔，对吕布这只落水狗狠狠地踹了一脚。刘备很清楚，如果真的留下了吕布，一方面吕布可能跳过他自己成为曹操的得力助手；另一方面，他早已洞悉曹操用人的脉络及原则，只要是没有忠诚度的人，都可能让生性多疑的曹操不安，所以干脆顺水推舟让曹操对吕布下手。

可怜的吕布一直没有看穿刘备柔软而又深沉的心机，到死前被刘备将了这么一军，无可奈何，只能一直骂刘备大耳贼。

弱势生存法则

刘备在白门楼这样的表现，着实让曹操吓了一大跳，他发现刘备不但没有他想象中的呆笨，甚至在刘备柔软的身段里隐藏着十分凶狠的本质。曹操认定了刘备是徐州争夺战里众家领导人物中

EQ 最高的人，开始把他视为可敬的对手，并且决定来试探刘备的野心以及格局究竟有多大。于是后来才有了那场梅树底下的煮酒论英雄。

那场宴会，表面上看起来像是好友把酒言欢，不过说穿了是一场曹操与刘备 EQ 的大对决。在敌强我弱的情况下，和曹操的意气之争当然是危险的。刘备看穿了这场胜负的虚幻，干脆来个白痴到底。因此，当曹操指着天空问什么是龙、指着刘备问天下谁是英雄的时候，刘备不是装傻就是装孬，怎么点名就是死不肯点到自己，偏偏曹操哪壶不开提哪壶，硬要指着刘备的鼻子说天下英雄只有你刘备和我曹操两人。即使是这样，刘备还要硬拗，假装天空一打雷就吓得掉筷子。刘备表演得这么夸张，目的就是让曹操忽略自己，不让自己成为曹操红透眼中的一粒沙子。刘备这种弱势生存法则，顺应了老子《道德经》所说的"勇于敢则杀，勇于不敢则活"的哲学。

真要为这场 EQ 战判个胜负结果，聪明的人已经看出刘备显然占了上风，骗过了曹操，也在虎口之下保住了一条命。在曹操和刘备战力如此悬殊的情况下，生存是最重要的。刘备以他柔弱的身躯，像只打不死的蟑螂般存活了下来，甚至还在这么恶劣的环境中赚到了一个皇叔的头衔以及曹操的兵力。这个头衔以及这些战绩，在他往后的生涯中无疑形成了很重要的助力。

生不逢时的汉献帝

曹操初期迎奉汉献帝时其实也还中规中矩，可惜在徐州大会战取得了最后的胜利之后，胜利的骄傲还是冲昏了他的脑袋。曹操为这种权力的傲慢付出的代价实在太大了。这时候，曹操如果能够再温柔一点，对汉献帝多一点表面的尊重，刘备应该不至于与曹操决裂，天下英雄也会对汉朝这块招牌多一点尊重。

被曹操迎至许昌的汉献帝其实并不是一个愚昧的皇帝，从他小时候以一言"汝来保驾耶，汝来劫驾耶"而折服董卓的表现就可以知道。他在长安更是有几次亲自开仓库赈济灾民的行为，如果在太平盛世，他应该也算是一个可圈可点的皇帝，可惜他被曹操接回许都之后的日子形同软禁，无法好好施展其抱负。这对一个正在长大、经历叛逆期的年轻人而言，实在是很痛苦的一件事。因此，汉献帝将来和曹操的全面冲突也就难以避免。

回顾汉献帝的一生，可以说充满了不幸。他还在襁褓时期，母亲王美人就被何太后毒死，全在祖母董太后的庇荫之下长大。接着父亲灵帝过世，宫廷发生动乱，小小年纪就得和哥哥少帝携手逃亡，虽然遇上了董卓，勉强得以存活，但没想到董卓竟是更加残暴的人。好不容易靠着司徒王允利用貂蝉的连环计，除掉了董卓，却又遇上李傕和郭汜之乱。皇帝被这些没气质又没有教养的老粗一逼迫，只好再度出逃。这一次的出逃，一路上历尽沧桑，沦落到荆棘之中草草上朝。这种悲惨的遭遇，绝对排得进历史的前几名。

权力的滋味

曹操在打猎的过程中，对汉献帝的僭越还算是隐性的欺负行为。汉献帝写血书向国舅董承求救被曹操识破后，曹操一怒之下，逼着怀孕的董贵妃自杀，这相当于杀了汉献帝的后代，这个事件的严重性已经到了弑汉朝帝王的血脉的程度。至此，他已不把皇室当一回事，权力的自大、傲慢以及叛乱的意图已经昭然若揭。

事实上，这些情绪化的做法对于曹操是相当不智的。当时他快速窜起，四周强敌环伺，北有袁绍、南有刘表和张绣，还有东南面的袁术、孙策都对他不怀好意。当时曹操如果能再内敛一些，对汉献帝多一点表面的尊重，像在徐州会战时一样地冷静，好好

利用汉献帝这块招牌施展谋略，继续扩张军事实力以及地盘，收买人心，或许他往后的路不会走得那么辛苦。极端残暴导致刘备与曹操的决裂，也使得像袁绍这样的英雄有了讨伐曹操的借口。

一场新的战争即将开始

曹操收拾了张绣、袁术之后，不可避免地面临着与北方盟主最后的争霸战。当时北方的老大哥袁绍军力明显比曹操强大。这场仗如何打下去，可以说是曹操生命中最重要的考验。

在这章最后，留下了一个伏笔，让大家看见袁绍的个性。袁绍一出场，就被小儿子长疥疮弄得心神不宁，无心国政，草草打发刘备。出身于四世三公这么显赫家族的袁绍虽然野心十足，也有王霸天下之志，可是这个动作已经让我们看出来他重视私情、爱用亲近、耳根子软这些领导风格。

相对于袁绍，当曹操一门心思想抢回徐州城而苦无对策时，对即使有杀子之仇的张绣，他也将私人恩怨先摆一边，先以王霸天下为己任，和张绣谈合作方案。难道曹操忘了典韦之仇，忘了儿子被杀的情景？但是为了远景的考虑，还是得做取舍。曹操以及刘备面对自己的妻儿子女的私事与国家大事之间的抉择，相对于袁绍，是完全不同的风格。

　　正是这些不同的军力大小，以及领导统驭风格，使得接下来的北方盟主争霸战充满了变量。决定一场仗的胜利，是军力还是领导能力比较重要？不同的领导风格又如何影响着战局？紧接着这场把曹操、袁绍、刘备都卷入战局的北方盟主争霸战，着实令人期待。

番外

张飞酒后闹事痛揍曹豹

刘备一出门，张飞就宣布："俺哥哥叫我不可以再喝酒了，所以从明天开始，我们一律戒酒。"

很好，一律戒酒。

"为了庆祝戒酒的决心，今天晚上，大家一起来喝酒！"

今天把酒喝光，明天就没有酒了，不戒也不行啦！来，为了庆祝戒酒，大家一起干杯！

张飞一喝起酒来，马上就喝醉了。喝醉也就算了，还逼着大家陪他一起喝。这军官当中，有一个人是吕布的姨太太的爸爸，算来就是吕布的姨岳父。

吕布这个姨岳父叫作曹豹。曹豹就说："张飞将军，我是不喝酒的。"

张飞说："打仗的人哪有不喝酒的，讲什么，来，给我灌下去！"

曹豹被张飞灌得一直在那边摇头："哦……哦……我实在不行，我喝不下去，哎哟。"

张飞这个时候已经喝得有点醉醺醺的，脾气本来就很暴躁，看到曹豹又这样子，他就大骂："俺找你喝，你敢不喝？你就是瞧不起俺张某人。"

曹豹赶快就求情说："拜托拜托张飞先生，你就算不看我的面子，你也要看在我女婿的分儿上饶我一命呀。"

"看你女婿？你女婿啥子人呀？"

"讲到我女婿，张飞将军你要站好！不要跌倒！我的女婿不是别人，就是盖世大英雄——吕布！"

不讲吕布还好，讲到吕布张飞立刻血脉偾张，当场叫人把曹豹给打了个半死。

贾诩 + 张绣 = 曹操怕怕

　　曹操与张绣的婶母胡搞恋情，惹得原本要投降的张绣把曹操的
长子曹昂、侄子曹安民、大将典韦杀死。曹操曾说："长子、爱侄
死了，我没有很难过，但一想到典韦，我就忍不住伤痛得哭叫啊！"
第二年，曹操向汉献帝奏请讨伐张绣，一开始，张绣军队被许褚打
得躲进南阳城里，曹军被护城壕沟阻隔，只好用土填壕沟，又立云
梯偷窥城内。贾诩一看就知道曹操想从东南角进攻，于是将计就计，
让百姓假扮成士兵守西北，东南角则埋伏重兵。果然曹军正中埋
伏，赶紧退逃。贾诩力劝张绣不要追曹军，张绣不听，果然大败——
没想到张绣垂头丧气回来时，贾诩又要他再追去一次，果然得胜。
原来，因为贾诩算准了曹操退兵时，会留精兵做后卫，所以能打
退张绣；但匆匆离去，显然是许都发生大事了，曹操必定归心似箭，
没有防备张绣会立刻又杀过来，当然就吃败仗了。

人，永远是一个组织最重要的资产。当一个组织内部的人失去了方向感，最优先的考虑不再是组织本身的生存、发展时，一个组织的灭亡就开始了。

卷三
官渡对决

关键人物：曹操 袁绍

第一章
听说关羽投降了

一　关羽有条件投降

刘、关、张三兄弟在徐州还来不及培养实力，就被曹操攻打得落花流水、流离失散。刘备跑到北方投靠袁绍，张飞失踪，关羽连同两个嫂子被抓。

曹操见识过关羽的厉害，舍不得杀他，满心希望能说服关羽和他一起打天下；另一方面，关羽想到两个嫂子能不能活着离开全看他了，于是他向曹操提出有条件投降：第一个条件就是，我现在如果投降的话，我投降的对象是汉朝的天子，而不是投降曹操你；投降的第二个条件，我这两个嫂嫂要领薪水，因为我们刘备哥哥是皇叔，皇叔的太太叫作皇婶，要按照皇婶的待遇，付薪水给我这两个嫂嫂，而且所有服侍我这两个嫂嫂的人，都要好好地安排，不可以有人去打扰我这两位嫂嫂的生活起居；投降的第三个条件——

知道刘备的下落，他就要离开。

　　曹操实在太喜欢关羽了！连这么不合理的条件都答应。但是他也知道关羽是个重义气的好汉子，不可能一下子就答应为他效力，于是他打算和关羽慢慢磨，在接下来的日子里，千方百计地讨好关羽，不但送上美女、锦衣玉食，甚至将赤兔马也赐给关羽，企图用名利引诱关羽变节。

二　袁绍的挑战书

刘备被曹操的二十万大军打得焦头烂额，从徐州一路逃出来。他想到袁绍曾经说过，如果有什么事情要帮忙的话，可以去找他。他就决心逃到北方，去找袁绍。这刘备平常跑得不怎么快，逃跑的时候跑得非常快。失去徐州的刘备投靠到袁绍旗下，无非是希望袁绍能出兵攻打曹操。

这个时候，袁绍小儿子的病已经好了，他又有了征服天下的心情。袁绍一听到刘备要来，高兴得连忙出邺城三十里去迎接刘备。袁绍说，前一阵子我的儿子生病，忙得没时间去帮你的忙，实在是不好意思。刘备心里头当然是不爽，可是他也只好表面上很客气地回答袁绍说："自从十八路诸侯讨伐董卓那时候开始，我个人就已经很崇拜你了。很早很早我就想投靠到袁盟主你的门下，都没有机会，现在很幸运的，我的徐州城被攻破了，我的妻子都被俘虏了。很幸运啊。我很高兴我能够走投无路，我想到袁绍将军，这么有风范，就不远千里跑过来，希望你收留我。我将来一定找机会感恩图报。"袁绍高兴地请刘备回去，去冀州州政府的所在地邺城，给他安排了最好的住处。同时也三天一小宴、五天一大宴的宴请刘备。

打与不打，在袁阵营内部分裂成两派，这保守派阵营的主要领袖田丰就说了，我们才跟公孙瓒打完，粮米所剩不多。现在最重要的就是要休养生息，制造武器，屯兵囤粮。三年之内，一定能叫曹操不战而降。激进派的首领审配不以为然。他就说了，哎哟，不要那么麻烦，袁大将军，你这么神武，在黄河以北又有幽青并冀四州之地。在国内，不管是比战力，还是比地盘，都是排行榜第一名啊。要讨伐不晓得排行老几的曹操简直是易如反掌，干吗要拖三年啊？保守派的领袖田丰跟激进派的领袖审配，他们两边的意见是不相上下。这个时候，保守派另外一个重要的成员沮授说话了，他说曹操平定了内忧外患，军队也是纪律严明，又掌握了皇帝在他的手上。他跟公孙瓒比起来，是完全不一样的敌人。我们如果随便就这样出兵攻打的话，会被天下人认为师出无名。曹操手上有天子，结果我们还跑去打天子，这不是叛乱是什么呢？所以这保守派跟激进派正反两面的意见，搞得袁绍不知该听谁好。这时刘备趁机火上浇油，噔噔噔跑过来，上气不接下气地说，师出有名，师出有名。这里刘备一五一十地把衣带诏以及万人签名反对曹操的这些事情告诉了袁绍。刘备说，现在出兵讨伐曹操，正好是站在正义的一方。我们这是扶持汉室，帮助皇帝消灭曹操这个大奸臣。这么有意义的事情，怎么会师出无名呢？

袁绍这种世家子弟，很重视身段，重视形象。刘备帮袁绍戴了好几顶高帽子，袁绍乐得晕乎乎的，决定出兵。"不打派"首领田丰虽然抗议无效，还是再三劝谏。他还告诉袁绍，袁大将军，你不听我田丰的劝告，必将出师不利。仗还没开始打，就给袁绍找晦气。袁绍被这田丰气得半死，将他关进了监牢。

保守派暂时失势。接下来，袁绍就任命激进派的领袖审配，担任参谋总长，许攸当副参谋总长。再派颜良和文丑当步兵司令和骑兵司令，分别统领步骑兵各十五万，加起来一共三十万大军，向黄河边上黎阳出发。

为了证明攻打曹操是替天行道、顺理成章的行为，袁绍命令陈琳写一篇《讨曹操檄文》，把曹操的恶行恶状公告天下。

果然，这一天由陈琳执笔，非写成常有名的《讨曹操檄文》，就是从曹操的祖宗三代开始骂起。这篇檄文，开头就说到曹操的祖父曹腾跟宦官为伍，残害百姓。曹操的爸爸曹嵩是宦官的养子，花钱买官位，曹操出身下贱、品行不良、为人狡猾，以胡搞瞎搞为人生之目标，把全天下搞得乱七八糟。曹操的祖父曹腾当过大长秋，这是宦官的头子。曹操的老爸曹嵩，他的官位是花了一亿钱买来的。曹操也是从小就爱骗人，品行不良。

接着又说，袁绍大将军，为人民除去了下贱的宦官，却又遇上了祸国殃民的董卓。袁绍大将军，为了要消灭董卓，跟大家同心协力。他并不计较曹操的智商不足，不惜和曹操携手合作。没有想到，曹操不但愚蠢白痴，而且没有谋略，屡战屡败，损兵折将。汉献帝从长安要出去散心的时候，我们袁大将军因为在对付北方的盗贼，很忙碌，抽不出时间来，只好派遣曹操去保护年少的皇帝。万万没想到，曹操竟然威胁皇帝迁都到许昌，之后专断朝政，败坏法令，杀死忠臣让全天下的人都痛心疾首。曹操甚至还发明了两个官位，分别是发丘中郎将，还有摸金校尉。曹操你身居高位，却无恶不作。不管是活着的百姓，还是死掉的百姓，你一律都不放过。曹操你真的是有史以来，没有人比得上的头号大奸臣。最后做了结论说，如今朝廷衰败，皇帝身边没有可靠的人，而曹操控制了整个宫廷，表面上说是保护，其实是挟持了皇帝。此时此刻，正是我们这种忠臣报效国家的大好时机。同胞们，同胞们，起来吧。你们各州都要起来整顿你们的兵马，同心协力，去消灭曹操。只要能够拿到曹操的人头，赏金五千万，还可以加官晋爵。曹操手下的士兵，只要来投降的，一律既往不咎。同胞们，同胞们，国难当前，皇上危险。我们奋起吧！

袁绍派人把檄文送到各个州郡、各个关卡、各个码头，并张贴起来。

这篇檄文送到曹操手中的时候，曹操一看就吓出一身冷汗来。哎呀，当初十八路诸侯讨董卓的时候，曹操也写过一篇檄文。曹操赶快问左右的人，这到底是谁写的文章？旁边的人告诉他是陈琳写的。曹操苦笑道，还好，袁绍那边只是文章写得好，要是他们打仗也像写文章这么厉害的话，我们就惨了。

曹操听到袁绍要来攻打，早已紧张得睡不着觉、吃不下饭，跟对方一比，他的兵力实在太弱。不过，曹操的智囊团首席谋士郭嘉认为：袁阵营兵多却不中用，而袁绍本人聪明不足、小气有余，只用看顺眼的人，这样的对手根本一点也不可怕！反观曹军虽然人少，但是训练有素，有才能的人都能得到重用，而且比起袁绍，曹丞相的 IQ（智商）、EQ 都实在高明太多了，所以这场仗是稳赢不输！曹操一听大喜，决定接受袁绍的挑战书。

三 刘备的秘密信

曹操发现袁绍手下的大将颜良早已经率领着十万大军，从黄河北岸的黎阳，渡过黄河。于是袁曹两军在黄河南岸的白马对峙，一开始，袁阵营气势如虹，曹阵营接连派出吕布的降将宋宪、魏续，都被大将颜良砍死。这个时候曹操心里就想，这吕布的降将都这么烂。所以他就改派徐晃出战，接着徐晃也被颜良打败。

曹军对阵颜良，连续遭遇了三个败仗。逼得曹操派出王牌战将——关羽出去应战，关羽三两下就解决了颜良，紧接着想为颜良报仇的文丑也被他送上了西天。

关羽在前线发威，害得身在袁阵营的大哥刘备差点被气急败坏的袁绍一刀砍死："你的弟弟砍死了我的爱将，你肯定是在这里当内奸，亏我还收留你，来人哪，把这个刘备给我拖出去砍了！"

刘备为了保命，就骗袁绍说要把二弟关羽找来一起加入袁家班。他亲自写了一封信，派人秘密送到关羽手上。

结果关羽的两个嫂子阴错阳差地先看到信，不看还好，一看就要上吊，原来整封信都在痛骂关羽，骂他不顾兄弟情分，骂他为贪图名利甘愿被曹操利用……看完信，两个女人已经对关羽心灰意冷，正准备上吊自杀，幸好关羽及时赶到，才救了两位嫂子。

关羽好不容易把两位想要上吊的嫂嫂给救了下来，他颤抖地看完刘备的信之后，坐在地上大哭。过了一会儿，关羽擦了擦眼泪，对着两位嫂嫂说，不是我不去找哥哥，奈何之前我根本不知道他在哪里，否则我怎么会背弃当初桃园三结义的时候我们三个人的盟誓呢？

甘夫人就对关羽说，如果你不会背弃桃园三结义的盟誓的话，

那我们就一起去找刘备。

虽然甘夫人这样提议，但是关羽想起他们住在这里，吃曹操喝曹操睡曹操，薪水，女佣，赤兔马。关羽是个恩怨分明的人。所以他就说了，我跳槽过来的时候，条件讲得清清楚楚。我走的时候也一定要清清楚楚。所以，我一定要当面向曹操递完辞呈之后再走人。

那万一曹操不让你走呢？两个嫂嫂就问关羽。

你不用担心，我既然知道哥哥的下落，我就是死也不会留在这里。

　　这关羽写好了辞呈之后，立刻跑到曹操的丞相府中，要当面见曹操。没有想到曹操在门上面挂了一个纸牌子，上面写着请勿打扰。

　　曹操随时都在监听关羽和两个嫂嫂的对话。他早就知道关羽要闪人了。曹操就看准了关羽，如果不当面跟他办完离职手续的话，就绝对不会走人。他故意不肯接见关羽，这样关羽就走不掉。

　　关羽只好先回家去整理行李，等到第二天，他又跑去找曹操，可是第二天，曹操的门上还是挂着请勿打扰。关羽连续找曹操找了三天，曹操统统都是避而不见。看来这曹操是吃了秤砣铁了心。

　　关羽心想，找不到曹操，那我去找当初劝我投降的中介张辽，请他代为转述。关羽骑着马走到张辽的家。没有想到，张辽家的门口也挂了一个牌子。张辽的牌子上面写的是：生病中。

　　关羽连张辽都见不到，他心中一时间暗自思量，关某是一心要走的，就算你统统都不上班，我关某还是要走。那怎么办？关羽就决定，来一个自助辞职。

　　于是他先写了一封信给曹操来说明他之所以要离开，是去找刘备哥哥的。他还附上了一张感谢卡，感谢曹操对他的照顾，并退还美女、财宝。最后，关羽还把他最在乎的汉寿亭侯的大金印，也挂在客厅的大梁上。然后，关羽就骑着赤兔马毅然决然护送着两位嫂嫂上车走了。

四　过五关斩六将

　　关羽这招自助式的离职走的得那么不留余地,这让曹操很意外,曹操的阵营里面有一个一直非常讨厌关羽的将军叫蔡阳。他说,蔡某愿带骑兵三千去把关羽追回来献给丞相。

　　曹丞相暂时没有反应,好像还在考虑中,曹操的谋士接着赶快又说了,报告丞相,关羽那么厉害,一旦投降袁绍,那袁绍不就

如虎添翼了吗？我建议丞相干脆半路上把关羽杀掉算了。

曹操看了看这个谋士，把手背在后面，踱过来，踱过去，过了一会儿，他转过身来，告诉张辽："张辽，你先去拦住关羽，你就告诉关羽，请他稍等一下，说我想要亲自送他一程。"

张辽也不敢多问，立刻快马加鞭就去追关羽。这关羽虽然是骑着赤兔马，但是因为必须护送着两位嫂嫂的车驾，所以他赶路的速度很慢。张辽很快就追上了关羽的车队，关羽发现后面有追兵，整个人变得非常紧张，他命令车驾赶快加速前进，然后自己一个人拿着青龙偃月刀殿后，等着张辽的人马过来。

关羽一看到张辽的面就问，张辽，你是来抓我回去的吗？张辽说，你别误会，丞相知道你要离开了，他要我通知你，麻烦你稍等一下，他要亲自来送你。

亲自来送我，我找了他几天，他都避而不见，今天他会亲自来送我？关羽就说了，我关某是绝对不会回去的。就算曹操他亲自来抓我，我也要拼命跟他决一死战。

果然关羽才说着，曹操就带着许褚、徐晃、于禁、李典十几个将军骑着马飞奔过来了。关羽一个人横在路口，看到这个情况，不由得将手上的青龙偃月刀抓得更紧了。

曹操命令所有的人马全部停下来，左右一字排开。曹操就问关羽，关将军，您何必走得这么匆匆忙忙呢？

关羽就回答说，之前关某曾经禀报过曹丞相，只要一得到我哥哥刘备的消息，我立刻就去找他，现在我已经知道哥哥就在袁绍那边，我好几次求见丞相你，都见不到你的面，只好写了封辞职信，我也把所有的财物还有黄金、印章都归还给丞相，这都是我们当初谈好的条件，希望曹丞相你不要忘记。

曹操只好苦笑，他说，你别担心，我当然是说话算话了，不然我还怎么治理天下呢？我不过是怕你路上盘缠不够，特别准备了一些钱过来，顺便送你一程啊。可是没有料到，关羽看了看这些黄金，对曹操说，这一阵子，曹丞相你已经给了我很多薪水了，现在如果再送黄金的话，关某如何担待得起？这些黄金，就请丞相你代为转送给现场这些将军吧。

曹操跟关羽两个人僵持了半天，曹操只好叹一口气说，唉，只恨我曹某人的福气不够啊，没有办法让你为我效力。这样吧，这里有一件锦袍，不值什么钱，也算是我的一番心意。曹操叫了一个将军下马，把这件新的锦袍捧过去给关羽。关羽却没有下马，他就骑在马上，伸出他那口青龙偃月刀，挑起了那件锦袍，穿在身上。关羽对曹操说，丞相你这一份心意，我心领了。山高水长，容关某日后再回报你的情谊吧。千山我独行，不必相送。

关羽说完转身，一夹赤兔马就飞奔而去，让曹操吃了满嘴沙子。

曹操旁边的许褚很生气地说，这个关羽欺人太甚。拿人家的礼物也不下马，简直是太没有礼貌了，太不把丞相放在眼里了。我不相信关羽一个人会有多厉害，丞相，让我去把他抓回来献给你吧。

说着，许褚就要去抓关羽。没想到却被曹操拦住。

曹操说，你们不要怪他，我既然已经答应让他走，这件事情就这样算了。

关羽带着嫂嫂们来到东岭关时，守关的将军孔秀为难他们不肯放行，一心想走的关羽不得已只好杀了孔秀。

到了洛阳，守城的太守韩福知道关羽是个厉害人物，先派副将孟坦引诱关羽到弓箭手埋伏的地点，想用乱箭射杀他，可是孟坦还来不及跑到目的地就被关羽杀死。韩福一急下令放箭，关羽被射中手臂，赶紧快刀杀死韩福，通过第二关。

第三关汜水关，把关者卞喜将军表面上对关羽一行人很客气，安顿他们到寺庙过夜，实际上庙里早已安排好暗杀陷阱。幸好普净和尚暗中给关羽通风报信。关羽一气之下杀死卞喜，其余杀手们死的死、逃的逃。

在第四关荥阳关，关羽及时发现太守王植想放火烧死他，赶忙砍下王植人头，朝第五关前进。

第五关黄河口的守关将领秦琪是蔡阳的外甥，他不知死活，竟敢找关羽单挑，当然被急着出关的关羽一刀砍死了！

关羽和嫂嫂们好不容易通过曹操的势力范围，半路却遇到孙乾来通知他们刘备已经离开袁阵营，逃往汝南。麻烦的是假如他们要到汝南就必须走回头路，也就是要再次闯五关。他们才上路，夏侯惇已经率领着兵马来找关羽算账，两人正要开打，张辽带着曹操给的通关证明赶到，关羽一行人得以顺利出关。

五　流浪三兄弟大团圆

关羽一行人往汝南前进，还没找到刘备，却先打听到张飞的下落，原来张飞在古城县里当县长。关羽满心欢喜要和三弟相聚，兴冲冲来到城门口，没想到张飞不但不肯放他进城，还劈头就骂他投降曹操是不忠不义不要脸，任凭关羽和两位嫂子怎么解释都没用。就在此刻，要替外甥秦琪报仇的蔡阳带着兵马杀了过来，张飞乘机将嫂子接进城，留下关羽一个人独自面对大军。

满腹委屈的关羽真是又急又气，于是化悲愤为力量，一鼓作气杀进曹军，斩下蔡阳的人头。看到这样的情形，固执的张飞终于相信关羽的清白，赶紧认错，兄弟之间的误会因而化解。

关羽、张飞兄弟在古城县的消息一传开，不但以前流离失散的同伴们都赶来相聚，廖化、周苍这些土匪强盗也因为太崇拜关羽，纷纷跑来投靠。

另一方面，刘备在寻找弟弟们的逃亡过程中也大有斩获。他得到了三国史上最出色的超级战将，那就是头脑和武功都一流的赵云！赵云本来是公孙瓒手下的大将，可惜一直没有发挥的机会。公孙瓒被袁绍杀死之后，赵云开始寻找能够赏识他的明主。赵云瞧不起袁绍，他一直对刘、关、张三兄弟有很好的印象，所以他不远千里而来跟随刘备。

失散的刘、关、张，长时间以来你找我我找你，如今，这流浪三兄弟终于在关家庄团圆，关羽还收同乡的关平当干儿子。

刘备自从被陶谦请到徐州之后，几乎没有一天不是在战火之中度过。有时候他胆战心惊，甚至是颠沛流离，四处逃亡、流浪。他虽然没有办法像曹操、袁绍那样，建立自己的根据地，可是一路之上，刘备用自己的真诚，加上三兄弟展现出来的义气，以及对汉朝很忠诚的信念，确立了个人的形象，慢慢地散发出一股领袖的魅力。

六　官渡之战开打

刘备和关羽分别从袁绍和曹操阵营里顺利抽腿后，曹、袁的北方霸权争夺战也越打越火热！袁家班靠着人多势众步步进逼，把曹家班的人马逼退到了官渡这个地方。

曹操已经不能再退了，因为再退就要退到他的总部许都了。更糟的是曹军已经快断粮了！只要袁军包围在外面慢慢等，就可以把曹军饿到输。

可是袁绍很猴急，一心只想赶快打胜仗，好当北方的老大，所以他继续穷追猛打。但曹操就好像打不死的蟑螂，袁绍几轮猛攻，他都能一一化解。袁绍用乱箭射他，他就发射石头砸回去；袁绍想挖地道偷袭，又被他挖堑壕挡住。

究竟曹操还能撑多久？袁绍又要怎么出招才能战胜曹操？谁能获得最后的胜利？

/ 容我多两句嘴 /

这章其实是关公的个人秀，通过关公千里护嫂寻兄和过五关斩六将，充分显现了他个性上迷人的特质。

对关公而言，他所做的决定或许是很普通的，可是对一般人而言，是很不容易达到的高标准。以现代人的眼光来看，面对曹操这样一个懂得赏识人才的老板，开出高薪水、高职位要挖角，关公却从一开始的挖角面谈会上，就拒绝了曹操的一切诱惑，还在坚持自己的原则下才投降曹操。换作一般人，在面对这么好的挖角条件，也许早就不顾一切地跳槽去了。

这一章故事中，更精彩的是关羽投降曹营之后，曹操极尽能事地展现一个好老板应有的气度与胸襟，体贴地让关羽一再感受到曹操的情意。曹操笼络人心的方法，虽然是作为一个领袖人物必修的经典，但关羽在对刘备的义气与对曹操恩情之间的进退两难与抉择，是所有想了解中华文化、人情世故与价值观必看的章节。

关公的眼泪

关公在这章受尽了委屈，投降曹操的时候，他以为只要内心认定自己的投降对象是汉天子，心里永远不忘记结拜的兄弟，而且保全两位嫂嫂的命，他委曲求全的苦心就能够得到谅解。可是天下人不这么以为，大家都说关公因为曹操诱惑而投降了。

关羽是一个最在乎名誉的人，我们可以看到，为了保全大节，他一直在隐忍。虽然舆论不足以伤害关公，可是他收到了刘备写来的一封信，暗示他是不顾情义、见利忘义的人，这使得关公再也无法忍受。为了证明自己的清白，关公毅然决然地决定离开曹营，展开了他过五关斩六将的过程。

关公受到的另外一次委屈是来自张飞的误解。在关公最脆弱的时刻，老弟张飞竟然还要他表明清白，好兄弟的不信赖使关公再次受到伤害。

　　在跟三国有关的戏剧当中，《古城会》是一出刘备、关羽、张飞三个人都哭的戏，他们哭不是因为兄弟久别重逢，而是他们之前产生了误解。三个人的眼泪是复杂的，关公的眼泪是委屈的眼泪，张飞的眼泪是惭愧的眼泪，刘备的眼泪是感激的眼泪。他们三个人在相聚的时候因为不同的原因流下泪来，由于京剧表演方式的夸张特质，使这三个大男人痛哭的场面不但不会令人感到肉麻，反而展现了哭的艺术。

　　在《奇葩三国说》里，我们之所以没有过度渲染张飞和关羽相聚时哭的场面，是因为在缺乏夸张的戏剧形态掩护之下，一个不小心，这个桥段就会变得很恶心，所以我们只轻描淡写地带过去。要不然以张飞那种过分的行为，他应该惭愧得痛哭流涕才对，所以我们似乎剥夺了张飞可以痛哭的机会，一直到后来关公死的时候，张飞才有机会痛哭，这是我们对不起张飞的地方。

　　古城会虽然让三个兄弟哭得稀里哗啦，但三个兄弟通过了怀疑、背叛的考验与试炼，这使得桃园三结义的理想再一次得到落实。三兄弟虽然一无所有，可是他们还存活着，并且见识到彼此的真心实意，这远胜过千军万马。

英勇不等于伟大

　　事实上，从地理看，关羽要北上找哥哥，简单得不得了。这五关的方向不但不合逻辑，有些关名甚至是罗贯中一手捏造出来的。可是若无罗贯中这样的妙笔生花，恐怕关羽的被误解、三兄弟的真情实意，就少了那样力举万钧的生动与夸张。

　　过五关斩六将的过程中，罗贯中所塑造的关公，特质虽然显现了，可是限制也显现了。任何人与一个伟大的人相遇时，理论上这个人的人生应该是得到一个转机，可是关公在过五关的时候并没有展现他伟大的气质。他是"斩"六将，而不是"感化"六将，关公过五关时的那种不屑一顾、勉强杀人，这些特质意味着一件事情：他虽然勇猛，但并不是一个伟大的人。他有原则、有力量，却没有伟大的特质。关公在与别人交手的时候，为了顾全自己的任务，忽略了考虑别人的处境。

　　罗贯中对这件事情其实有一点点不安的，所以他埋了一个伏笔。在关公过五关的时候曾经遇到一个和尚普净，他和关公是同乡旧识，由于他的帮助使关公在第三关免于落入死亡陷阱。后来关公在麦城中了埋伏被杀之后，他的头被辗转送到曹操手上。死不甘心的关公冤魂骑着马在天上呼唤着"还我头来"，一直不肯离去时，这个普净和尚出现了，对关公说："你要人还你头，那些被你砍头的人又要找谁讨头呢？"关公的冤魂听到这番话终于消散不见了。

所以罗贯中一手创造出了这样的故事，觉得关公的杀孽太重了，又替关羽在后来创造了一个反省的机会，去了解他所杀的人也是别人的父母子女，也是别人的结拜兄弟好朋友，当他一刀砍下去的时候，他不只杀了一个人，也斩断了很多人与人之间的关系；不只自己的头是头，别人的头也是头。罗贯中感受到这件事情，所以很巧妙地在关公过五关的过程中，安排了一个宗教人物，作为日后启发关公的角色。连贯前后文，发现这个地方不但是罗贯中神秘的安排，也是《三国演义》中令人拍案叫绝的一段。这段神秘安排，像是《三国演义》里，乱世的血腥、杀孽之中，一颗闪烁着人文光芒的耀眼的珍珠。

可惜的是，关公冤魂索头这一段，因为我们想要避开所有怪力乱神的企图，在《奇葩三国说》里被删掉了。过五关斩六将，很明显地展现出我们之所以崇拜关公的原因，以及关公并不是伟人的关键所在。他在这里展现了对原则的超级坚持，使他一辈子被崇拜，可是也因为这个超级的坚持，限制了他一辈子在政治上的发展。

曹操、袁绍比一比

相对于关公的固执和难能可贵的坚持，曹操也展现了他对于人才的重视和愿意让步的程度等迷人的特质。对现代人而言，跟曹操这种老板一起工作，肯定是一件很愉快的事情。最特别的是，曹操对关公的崇拜并不是一种现实、功利性的崇拜。很多老板从别的地方把人挖过来之后，就急着想看这个人能为公司带来多少利益，发挥多少功用。曹操比较像是一个珠宝收藏者，而关公就是珠宝里的精品，是用来收藏，不是拿来卖掉换取利益的。所以当袁绍的大将颜良把曹操的部下打得灰头土脸的时候，曹操还是在谋士的提醒下才勉强请关公到阵前观战的。曹操和关公在价值观上不相同，个性上也不相同，关系上也远不如关公和刘备的结拜之情，可是从曹操对待关公的方式上，特别显现出曹操的慧眼识英雄和他珍惜人才的可贵之处。

在曹操用人的光芒之下，袁绍相对显得平庸无能。他用人的目的就是要他们去杀人，用人的层次也顶多是像颜良和文丑这样的杀人机器。袁绍的团队在其他时代也许是不错的团队，唯独在曹操的光芒下，袁绍被映衬得脸色惨淡。

女性的角色

我们在《奇葩三国说》中鬼使神差地帮不少女性加了戏，一方面是觉得罗贯中太藐视女性的角色，另一方面也感觉到在血腥屠杀的战争场面中，应该要有一些人际情感的呈现，像关公站在嫂嫂门外夜读《春秋》，一直没有得到好的解释。

自从关公成为神明之后，他的神像有的是手拿青龙偃月刀，有的是手上拿一部《春秋》，很多人因此认为关公是有文学修养的儒将。我们觉得这不是真正的原因，因为关公在《三国演义》当中从来没有讲过什么有文学素养的话。在那个男女之防非常严格的时代，关公被安排和嫂嫂们住在同一个屋檐下，他必须要表演出他没有任何的暧昧苟且，没有向欲望投降。甘夫人和糜夫人在电视、电影中常被演成两个中年妇女，其实两位夫人都是标准有韵味的美人，因此，在刘备生死不明的情况之下，就算关公收了两位美人，也并非完全说不过去的行为。关公夜读《春秋》的形象一直被解读为文学修养。事实上，《春秋》正是一本集乱伦和君臣、父子弑杀之大成的历史评论集，关公夜读《春秋》代表了他超越欲望和自我的克制，这一深层的意义一直被忽略了。

　　另外我们也替关公的两位嫂嫂感到很委屈，因为她们这样颠沛流离地逃难，却从来不曾得到刘备的担心与关怀。关公和赵云很尊重她们，曹操也把她们当作尊重刘备的代表，唯独刘备没有把她们放在心上。在刘备写信给关公的时候，我们忍不住为她们加了一段上吊自杀的戏，因为在传统戏剧的呈现中，关公的嫂嫂是木头人一样的角色，跟在关公屁股后面跑来跑去，跟赵云怀里的阿斗没什么两样。可是人不应该这么被简化，在关公顾及自己的原则的同时，这两位女性也有她们的挣扎，这是人性的基本反映。

番外

关羽是路痴?

在《三国演义》中，关羽护送两位嫂子前往河北寻找大哥，这中间关羽过五关斩六将，让人为他的忠义感动得眼泪直喷，也被他的威猛震撼得头皮发麻。

根据《三国志》的记载，从许昌到黄河渡口之间的地势平坦，并不算太远。对照《三国演义》的情节，关羽走的路线反而是绕远路，除非关羽是路痴，才会搞不清楚方向乱走一通。而且实际上根本没有第一关东岭关这个地方，在正史上更找不到被杀害的六名守关将领的大名。"过五关斩六将"这段故事，是《三国演义》作者罗贯中运用想象力的加油添醋，读者无须太认真。

第二章
袁绍曹操的面包战争

一　乌巢大偷袭

曹袁两人的战争越打越火热，可是曹操的部队已经面临断粮的危机。眼看着死对头袁绍和部下每天吃着香喷喷的食物，只能猛吞口水的曹操真是又羡慕又嫉妒，一旦没有东西吃，就会闹兵变，还不如趁早退兵回许都去，这才保险。

曹操就写了一封信，去请教留守在许都的他的军师荀彧。曹操问荀彧，我们这边军队吃的东西眼看就要不够了，因此我想退兵回到许都，不知道荀彧先生你的意见如何？

没有想到，荀彧马上就告诉曹操说请他一定要再撑一下。再撑一下？你说得还真轻松，又不是你荀彧在打，你当然说得很好听。不过，这荀彧之所以叫曹操再撑一下，他的理论是说，如果你觉得你已经快要撑不下去的话，那你的敌人其实也快要撑不下去了。

这个时候不是在比谁打得比较厉害，比较能打赢，而是比谁可以撑得久一点。荀彧这个意见其实给了曹操一个很大的启发。曹操心想，袁绍的人多，那吃的当然也就多，我怕没饭吃，他比我更怕。

曹操翻开地图分析。袁绍在官渡打仗，他的阿兵哥如果想要吃一个馒头，这馒头怎么来的呢？袁绍的军用面粉是从冀州大本营运过来的。袁绍的麦子种在冀州，他必须千里迢迢用马车把麦子送到黄河以北黎阳集散中心。送到黎阳后把粮食装船，再运送到黄河以南的白马码头，下了码头还得搬上马车，一路再运到官渡，整条补给线就有五百里这么长。补给线从头到尾每一里都要保持完整，这样袁绍的阿兵哥才能准时吃到一个馒头。

这曹操用手在地图上量了量，不禁动起歪脑筋。他派人利用打游击的方式，在袁绍的运输线上偷粮食，他这个策略神出鬼没，果然把袁绍这边搞得心浮气躁。袁绍七十万大军，好像一个大巨人，吃得很多，动作也迟钝，现在碰到曹操派出来的这几支老鼠队，偷他的东西吃，这个巨人只能想气得脸红脖子粗，可是连一只老鼠都抓不到。

袁绍也不是傻子，他很快就想到这条五百里长的补给线实在是太长了，他为了避免被曹操那边抢粮食，决定在黄河以南靠近官渡离战场比较近的地方，设置一个粮食总管理中心，把所有吃的统统放在乌巢统一管理。

偷不到粮食的曹操，写信回许都求救，结果信被袁绍的副参谋总长许攸拦截。许攸看到信发现曹操已经快没吃的了，就向袁绍建议分一半的人攻打许都，让曹操两边都顾不了。袁绍这个人刚愎自用。他总觉得我是老板，底下的人怎么可能会比我聪明呢？开什么玩笑。所以袁绍为了嘲笑许攸，故意很夸张地说："什么重要的军事机密，曹操怎么会随随便便地派一个使者被人抓到呢？你做什么白日梦呢？这一定是曹操故意要引诱你上钩的假情报。"

袁绍不肯听他的意见，袁绍这个老板，对喜欢的人特别宠幸，对不喜欢的人，就一脚踢得远远的，搞得他自己手底下的这些人，整天只想要争老板的宠，互相之间斗来斗去，所以派系的问题非常严重。像参谋总长审配，就跟副参谋总长许攸严重不和，一天到晚，他们两个人就是互相要把对方给弄下位子，然后安插自己派系的人马，所以参谋总长审配逮到这个机会，赶快就跟袁绍加油添醋地报告说，许攸有过收红包的前科，现在收红包的习惯还传染给他的侄子，连许攸的侄子也在收红包。果然袁绍不问青红皂白就把许攸骂了一顿，许攸一气之下就投奔到曹操阵营去了。

许攸跑去投奔曹操的时候，曹操刚好在上厕所，他一听说袁绍的副参谋总长竟然前来投靠，连裤子都来不及穿好，赶快就提着裤腰带，跑出来迎接许攸。曹操一见到许攸的面，笑得连脸颊都抽筋了，亲自拉着许攸的手，把他迎接到大厅里面去。

其实曹操跟许攸两个人年轻的时候曾经在一起混过，所以算来也是老朋友。不过曹操的老朋友这么多，从来没有听说过哪个老朋友让曹操表现得这么热情又这么谦卑。曹操这么欢迎许攸，当然是因为许攸是袁绍的副参谋总长，手上一定掌握了许多军事机密。

曹操非常热情地把许攸拉到大厅之后，马上就跪在地上，对着许攸行大礼。许攸觉得承受不起，他连忙拉起曹操说："你是汉朝丞相，我只是小老百姓，怎么可以这样子，真不好意思。"

"不要这样讲，不要这样讲，"曹操就对许攸说，"我们两个是多少年的老朋友，怎么可以因为这些无聊的头衔、官位就彼此疏远呢？"

许攸看到曹操这么诚恳，叹了一口气说："唉，兄弟我选择了一个自以为是的老板，言不听计不从，我今天真是没路了，特地来投靠你，希望你能收留我，让我能为你效力。"他先吹牛说，我曾经教过袁绍兵分两路，一路攻打官渡，一路攻打许都，让你来个头尾不能相顾。

曹操一听完，整个人吓得扑通一声跌坐在椅子上，他捋着胡子咕噜咕噜地说："许攸兄你真是绝世的天才，是作战的天才啊，还好你那个笨老板没有听你的话，要不然我曹操就完蛋了。"

好久没有被人这样称赞了。许攸已经开始有点飘飘然了，看到曹操真情流露，他觉得很放心，直接就切入正题，询问曹操的粮食储备还可以坚持多久，曹操最后坦白几乎没有存货。为了报复袁绍，许攸教曹操冒充袁绍的将领蒋奇，去偷袭乌巢，把粮食一把火烧光，让袁绍的部队也没得吃。

曹操本来是要高兴地大笑三声，可是笑到一声半的时候，他想到一个问题，曹操就问许攸："许攸先生，镇守乌巢的淳于琼是一个很有经验的军人，有这么好骗吗？你叫我冒充蒋奇的增援部队，他怎么可能相信我的部队是蒋奇的部队呢？"

许攸告诉曹操，乌巢的守军是靠通关密语来确认身份的，到了乌巢，只要报上通关密语，淳于琼就会相信你是自己人了。

曹操按照许攸的计划偷袭乌巢大获成功，不仅袁绍元气大伤，连带让袁氏阵营内部为了先救乌巢还是先攻击官渡闹得不可开交。袁绍不知道该听谁的，就下令张郃、高览去官渡，另外派一万人去乌巢。结果去救乌巢的部队被伪装成袁军的曹军打得死伤惨重，去攻官渡的则误中埋伏，两边都输得凄惨。

副参谋总长郭图听到打败仗的消息，先在袁绍面前把责任推给张郃、高览，又趁张郃、高览还没回来，发出假消息说袁绍打算治他们的罪。张、高两人被逼得走投无路，只好去投靠曹操。

　　曹操继续乘胜追击，发动谣言攻势，"曹操的军队兵分三路，除了官渡之外，另外两路已经去进攻袁绍的大本营邺城以及黄河北岸的黎阳"，让袁绍自己把军队分散，加上袁绍的士兵们经过乌巢之战已经是人心惶惶，曹操看准这个时机，全力进攻袁绍在官渡的基地，一举把袁绍打得落荒而逃。

　　输得狼狈的袁绍忽然怀念起被他关在监牢里的田丰，谋士逢纪怕田丰因此咸鱼翻生，就造谣说田丰听到袁军打了败仗就幸灾乐祸。恼羞成怒的袁绍轻易就听信了逢纪的挑拨，马上下令处死田丰。

二　十面埋伏

　　经过官渡之战，袁绍手下可用的人才不是死了就是跑了。回到冀州后他整天闷闷不乐，袁绍的太太刘夫人就说："不如我们来办喜事让气氛好一点吧。"

　　"哪有什么喜事好办？"

　　"我们可以立刻立接班人啊，这不是一件大喜事吗？"

　　刘夫人这么积极地催袁绍立接班人，其实是有道理的。袁绍前后两个妻子，一共替他生了三个儿子。分别是镇守在青州的老大袁谭，镇守在幽州的老二袁熙，老三袁尚就留在邺城爸爸的身边。老大、老二都是前一个太太所生，只有老三袁尚是这位续弦的刘夫人所生。

　　"现在强敌压境，外面的敌人都管不了了，立什么接班人，你诅咒我死是不是啊？不要再提什么接班人了，三个儿子没有一个会自动带部队来帮我修理曹操，泄我心中之恨。天天只会在那边吵着谁要当接班人，这像话吗？"袁绍这么一说，刘夫人就不好再说什么。

　　袁绍生气的这个说法，很快就传到了三个儿子的耳朵里面去，袁谭、袁熙、袁尚为了继承爸爸的遗产，争相表现他们的孝心，

大老远带着兵马来到冀州，老大袁谭从青州带了五万人马，老二袁
熙从幽州带了六万人马，连袁绍的外甥高干也从并州带来了五万
人马。儿子们准备协助老爸再和曹操打一次。原本灰心的袁绍看
到孩子们都到齐了，心中也不禁燃起熊熊的复仇之火。

这些孩子的军队加起来一共十六万，再加上袁绍自己原来的部
队，总共有超过二十万的人马。袁绍带着他所有的赌注来到仓亭，
准备把先前输给曹操的连本带利讨回来。两军再度交锋的第一仗，
袁绍有了三个儿子助阵，果然一路把曹操打得节节败退。

卷土重来的袁绍所拥有的兵马仍然多过曹操，正当曹操懊恼的
时候，他的谋士程昱想出"十面埋伏"的计策。这个计策是运用
敌明我暗的优势，先在十个地点埋伏好，把搞不清楚状况的敌人
引诱进来，然后出其不意地攻击。

曹操自愿当诱饵，果然一下子就钓上了袁绍。于是曹操按照既
定的路线退到黄河边，再回过头来背水一战。拼命抵抗袁军，把
袁绍的兵马稍稍逼退。这时忽然从两边杀出夏侯渊、高览的部队，
袁绍被这突如其来的攻击吓了一大跳，根本来不及反应，急忙往
后退。没想到退到一半，曹操的手下乐进、于禁率领兵马跳出来，
把袁绍的大军杀得七零八落。袁绍再逃，又中了李典、徐晃的埋伏。
袁绍和儿子们一路惊魂未定，再碰上张辽、张郃时，袁绍的部队

已死的死、逃的逃，溃不成军了。好不容易终于逃到了仓亭，曹洪、夏侯惇却早已经等在那里。袁家班早已经七零八落，只剩下三子一甥，保护着袁绍拼命突围。袁绍的外甥中了箭，更惨的是他的老二袁熙还尿湿了裤子。

最后，袁绍在儿子们的掩护下，总算勉强保住一条老命逃出重围。

三　谁是正宗接班人

二度失败的袁绍再也禁不起这重大的打击，气得口吐鲜血，整天躺在床上要死不活。这时，他已经威风不起来了，也已经不打算东山再起，他想把袁家的未来交到儿子手上，于是找来部下参谋总长审配还有副参谋总长郭图一起商量。

"袁某我的三个儿子怎么样？老大袁谭性情很刚烈。老二袁熙曾经尿湿过裤子又优柔寡断。倒是我的老三袁尚长相英俊，又懂得礼贤下士。我想要立老三做接班人，不晓得你们两个参谋总长的想法怎么样？"

袁绍的阵营向来是派系林立，参谋长审配是袁绍现任夫人刘夫人的人马，支持的当然是刘夫人的儿子袁尚，郭图副参谋总长支持

的则是袁绍的大儿子袁谭。两派人马为了争取袁家接班人的地位，
都拼命说服袁绍能选自己支持的对象。袁绍原本就不是果断的人，
一时也不知道该选谁好。哪知道这时死对头曹操又带兵攻了过来。
袁绍听到消息，踉跄着从床上爬起来，刚穿上他的战袍，就再度口
吐鲜血、陷入昏迷。刘夫人趁着袁绍本人意识不清，老大、老二
又都还没赶回来，就联合审配硬把老三袁尚拱上了接班人的位置。
没多久，袁绍就一命呜呼了！

四　鹬蚌相争，渔翁得利

老大袁谭在外地一听说他的爸爸病危，就带着兵马赶回来，但
已经慢了一步。袁谭正打算一头冲进冀州城里的时候，遇上了老
大派的副参谋总长郭图，郭图上气不接下气地跑出来，阻止了袁谭：
"你的弟弟老三袁尚已经得到了接班人的位子，他现在想尽办法
要把你杀掉，你还自己傻傻地跑进去自投罗网？"在郭图的劝阻下，
袁谭就先在城外屯兵。

袁尚知道袁谭一定很不甘心，就下令叫他去攻打曹操为父亲报
仇。袁谭也不笨，他知道袁尚想通过曹操来个借刀杀人，可是如
果他不出兵，马上就会被视为违抗军命。于是在郭图的建议下，他

先出兵去攻打曹操，然后故意打输，再向袁尚讨救兵。袁尚巴不得老哥有去无回，对哥哥的求救信根本就无动于衷。此时袁谭也豁出去了，就威胁袁尚要投降曹操，袁尚不得已只好出兵帮助袁谭。

曹操的谋士郭嘉看到袁家两兄弟联合起来，就向曹操建议先退兵："袁家这两个兄弟为了抢位子、争遗产，斗得你死我活，曹丞相你暂时把他们放在那边不要理，他们一定会立刻内斗，自相残杀。"果然，曹操一退兵，袁谭和袁尚就开始打起来。弟弟袁尚拥有的部队是袁阵营里最精锐的，袁谭打不过，被逼得狗急跳墙，转而去找曹操帮忙。

袁尚打不过袁谭和曹操的联军，就往二哥袁熙在幽州的地盘逃之夭夭了。袁家的大本营邺城里还有审配在守城，曹操攻了很久都攻不下。此时许攸献上计策，建议引漳河的水来攻邺城，果然一举成功！曹操进城后，处死了审配，却因惜才饶过当初写《讨曹操檄文》的陈琳，并且还赐给他官位。

那时曹操的二儿子曹丕跟着曹操进入邺城后，先曹操一步在袁绍家里发现冀州第一美女甄宓，立刻就把她据为己有。

头号美女甄宓已经被曹丕先得，可是曹操竟然还被蒙在鼓里。他得意扬扬地骑着马，沿路接受冀州城老百姓的欢呼和鲜花，曹操觉得很神气。可是有一个人比曹操更神气，他就是提出乌巢劫粮，又建议水淹邺城的袁家班前任副参谋总长许攸。

许攸帮助曹操解决了自己的前任老板之后，不禁得意扬扬，到处吹嘘自己的功劳，竟然越说越忘我，把自己捧得越来越高。

他对着曹操大叫一声曹阿瞒。曹操最讨厌人家叫他阿瞒了，他听到有点不爽，皱了皱眉头。

许攸根本就搞不清状况，还在那边自说自话，曹阿瞒今天如果没有我许攸的话，乌巢的粮食怎么会轮到你来抢夺，曹阿瞒啊曹阿瞒，要不是我这个老同学指导你，你怎么可能进得了邺城的城门呢？

这下曹操皱完眉头之后不但不生气了，反而哈哈大笑。可是曹操身边的将军们听到，每一个都气得咬牙切齿，尤其是脾气大的许褚将军，气得跑过去就抓住了许攸的衣领，对许攸说："我们冒着九死一生才攻打下的邺城，你竟然到处夸口说是你一个人的功劳？"

徐攸爱理不理地说："你们都只是酒囊饭桶，像你们这种货色，十个也抵不过我一个许攸。"

许褚很干脆地拿出刀来一刀就把许攸给杀掉了，他拎着许攸的头去见曹操。曹操捧起许攸的头颅，很伤心很伤心地说："许攸啊许攸，叫你不要乱讲话，你怎么乱开玩笑，现在被人家杀掉了吧。"

很多人怀疑曹操是故意纵容许褚借刀杀人。其实怪只能怪许攸自己，他忘记袁绍被消灭之后，自己根本就没有利用的价值了，还表现得这么嚣张，根本是不知死活。

五 袁氏兄弟火线大逃亡

邺城被攻破后，袁谭怕自己也会被曹操所杀，便回到自己的地盘青州。可是曹操不肯放过他，派出大军攻打。袁谭不敢出来应战，想出了一个很懦弱的招数，逼青州的老百姓挡在军队前面，他以为曹操不会乱杀无辜，可是他错了，不论是百姓还是军人，曹操一律杀无赦，袁谭在乱军之中终于被曹洪杀死。

袁谭死了，曹操继续进攻幽州的袁尚和袁熙。两人知道打不过曹操，就逃到辽西投靠乌桓族。曹操本想就此打住，但谋士郭嘉力劝曹操继续乘胜追击。曹操一鼓作气又把乌桓打败，袁家两兄弟只好继续逃，逃出山海关，找辽东太守公孙康收容。

这样一来，曹操觉得追那么远真的很麻烦，而且这袁家的两个兄弟也没什么杀伤力了，何必要再追呢。曹操为此犹豫不决。

曹操凯旋，回到易州，没想到他最信任的谋士郭嘉竟然已经病死了，曹操伤心不已，他发现郭嘉临死前还在为自己筹划计谋。

在所有曹操的谋士中，郭嘉最得曹操的宠幸。曹操一听到郭嘉过世，连忙跑到第一殡仪馆去吊祭郭嘉。曹操放声大哭说："郭嘉这么有才华，才三十八岁就死了，难道是天要亡我吗？"曹操哭了半天，旁边有人拿了一封信过来给曹操说，曹丞相，这是郭嘉死之前留下来的一封信，他叫我们把这封信转交给你看。曹操擦一擦眼泪，把信从信封里面拿出来，开始默默地读，边读边点头。郭嘉留下来的这封信上面说，辽东那边的太守公孙康跟袁家过去有过节儿，他们经常打仗，本来关系就不怎么好，曹丞相你现在如果为了追袁家的老二和老三而急着率兵去进攻辽东的话，会逼着辽东的太守公孙康跟袁家的人合作，反而添出许多麻烦。我劝丞相你不如按兵不动，这样一来，公孙康一定会跟袁家的老二和老三翻旧账，他会把袁家这两个儿子交到你手里。

曹操带着满脸的泪水，默默地点着头读完了这封信以后，他抬起头来对着所有的将军说："进攻辽东的事情，大家就不用麻烦了，过两天辽东的太守公孙康就会自动把袁家老二和老三的人头给我们送过来了。"

曹操按照郭嘉的遗书策略按兵不动，果然公孙康没多久就派人送来袁家两兄弟的人头。郭嘉之前预料到的结果得到应验：袁家和公孙家虽然一向不和，但一旦曹操出兵，反而会使公孙康和袁尚、袁熙联合起来并肩作战；假如曹操不出兵，公孙康为了讨好曹操，便会杀死袁尚、袁熙以示诚意。

袁家的老二和老三都被杀掉之后，袁家的血脉到此可以说是全面断绝了。只剩下袁绍当时所娶的那位母老虎刘夫人，现在沦为了曹家的老妈子。另外，袁家的二媳妇绝代美人甄宓意外地落入曹丕的手中。虽说曹操也喜欢，但喜欢归喜欢，当曹操发现之后，已经来不及了。至此袁家班终于彻底垮台，而曹操在北方已经没有敌人了。

刘、关、张三兄弟在古城重新团聚之后，又加入了赵云、周仓、关平、廖化这几个新的将军，他们这些人以汝南为根据地，励精图治，虽然说只能够取得暂时的温饱，可是在刘备的心目中念念不忘汉献帝的那篇衣带诏，还有他曾经签过名的反曹操的宣言。此时刘备趁着曹操北伐偷袭许都，准备把汉献帝救出来。

曹操赶紧率领兵马赶回来，但刘备这一方有关羽、张飞、赵云等大将，加上曹操的军队经过长期打仗已经相当疲惫，竟然被打得一路败退。刘备能顺利救出皇帝吗？

/ 容我多两句嘴 /

《三国演义》以往不管被呈现在卡通还是漫画上，都过度强调了战争中战斗的部分，打仗这件事时常被简化为打斗和厮杀，这是很可惜的。其实在《三国演义》的战争中，有很多充满了运用天时地利人和的智慧，在这章中难能可贵地呈现了经济条件的变化对战争的重要影响。

从电玩看历史

玩过《三国志统一天下》电脑游戏的人都有这样的经验——身为一个国家的统治者，在战争的时候不能只知道如何打仗，还要同时让阿兵哥有东西吃，如果没有足够的粮食，军队的人数就会越来越少。例如，统治者原本派出去十万大军，可是因为食物不够，其中可能有七八万饿死在半路上，等到要打仗的时候，剩下两三万饿得手软脚软的阿兵哥，一下子就被敌人打垮了。为了维持军队粮食的充足，统治者就得想办法取得食物，所以在每次打仗之前，游戏者必须不断在自己的土地上种田，再用马车把食物运到军队里，一直等到储备好足够军队吃的食物，才敢发动大军出去打仗。

这一点其实含有很值得深入思考的意义。玩三国电玩的时候，当统治者的钱不就够要向人民征税时，人民就会讨厌统治者，倒向别的国家，所以就变成：统治者要不是很得民心可是国库很穷，要不就是国库很充足可是很被人民所讨厌。统治者重视了这个要素，就无法顾及另一个要素，这个衡量的标准依然是现代政治当中最原始的天平。

所以我们从三国的战争中，不只看到了战斗的元素，也看到了其他层面的很多元素。在有关三国的日本卡通中，几乎都是把战争简化成个人的打斗，所以经常可以看到张飞带着武器很厉害地跳出来把敌军一个一个杀死的场面。而《奇葩三国说》希望借《三国演义》里的战争，让读者了解到其实打仗不等于单挑，战争当中有些因素还建立在其他层面上。

　　袁绍和曹操的官渡决战有几个层面，当中包括粮食的对决和维持补给线的完整度。我们之所以在这场历史大战中，费了很多心思去描写这个部分，是因为在战争中如果没有办法掌握军队的实力，却能够掌握经济因素，也是有可能打赢一场仗的。官渡之战一开始，袁绍有着比曹操更雄厚的军队和经济实力，所以能把曹操一路逼退，可是曹操赢得了这场战争的胜利，当中很关键的一个因素是袁绍的粮食总部乌巢被曹操毁掉，使整个情势大逆转。

袁绍的悲哀

　　袁绍很不幸地几乎从《三国演义》一出场就是被当成实验里的对照组，在多数条件相同的情况下，最后发霉的是他、烂掉的也是他。和曹操比起来，他代表的永远都是本钱最雄厚，可是挥霍得最厉害、下场也最悲惨的角色。在袁绍挂掉的时候，我们特别为他办了一次小小的纪念活动，让死对头曹操在他的坟墓前怀念他，因为他们两个毕竟曾站在一个相同的起跑点上。在《奇葩三国说》第一章里曾提到，袁绍跟曹操同样都是政府官员，都有机会对宦官进行大屠杀而夺得军权和政坛的实力，可是为什么最后曹操走到这个地步，而袁绍沦落到那个地步？因为袁绍一路上不断用错人，发展错误的欲望，做错误的抉择。《三国演义》的作者罗贯中其实是很有脉络可循地想要呈现袁绍和曹操两人的对比，可惜却被埋没在许多花哨的戏剧桥段下，以至于很少人会注意到袁绍这个角色。从《奇葩三国说》里我们可以看得很清楚：他们两个人从相同的起跑点出发，可是在接下来十八路诸侯讨董卓的时候，曹操立刻展现了旺盛的热情，他要打败腐败的董卓势力；相对地，袁绍却表现了他的贪婪和短视近利，他只想并吞旁边的那块土地。在十八路诸侯讨董卓之中，曹操因此培养了声望，而袁绍却变成一个带头自相残杀、接近流氓的角色，虽然他有着高贵的出身背景，可是他的作风变得越来越低贱。

官渡战争之后，曹操面对袁绍留下来的文件柜，柜内有许多当初曹营中投降袁绍的投降信，他的做法是一概烧毁不看。还为这些写投降信的人想了一些理由，说是当初袁绍那么强盛，我那么弱小，我自己都没有必胜的决心，何况别人？曹操展现出一种大领导者容人的胸襟与气魄，相对于袁绍阵营中袁绍面对当初预言成功的田丰，不但不心存反省、感激，反而为了面子问题，将田丰处死。

这两种领导风格对比明显，这使得曹操有了越来越多的文臣、武将，袁绍阵营越发分崩离析。

袁绍的风格也影响了他的属下和家人。相对于刘、关、张三个结拜兄弟的深厚感情和对彼此的忠诚度，在整个袁绍家族的败亡过程中，有血亲关系的袁家兄弟，却为了争夺权力，不择手段，彼此自相残杀，这个发展显然和袁绍眼中只看得到政坛最现实的利益息息相关。另外，袁绍的属下也是超级爱斗争的两个派系。如果把这个情况拿来跟赤壁战争的时候，东吴孙权手下文武百官分成的两个派系相比，孙权手下的派系在需要团结的时候，合作无间，放下自己的立场，为国家的前途奋斗；而袁绍属下的两个派系是一有机会就你整我我整你，斗得死去活来，派系的利益，远超过国家的利益。这些斗争牵扯出了许攸以及张邰的叛降，这些都直接导致了官渡之战袁绍家族的失败，以及最后整个袁绍家族的败亡。这个比较，又再度印证了一个事实：人，永远是一个组织最重要的资产。当一个组织内部的人失去了方向感，最优先的考虑不再是组织本身的生存、发展时，一个组织的灭亡就开始了。

袁绍家族灭亡的过程，展现了大型组织灭亡的原型与过程。如果把袁绍家族当作一个病例来研究，这是一个相当典型的病例。

所有组织、团体的衰败与腐化的过程与条件，袁绍家族都具备了。看《奇葩三国说》除了有趣、了解历史故事以外，另一个好玩的出发点应该是思考历史。换个观点来想，如果你是袁绍，重新再来一遍，你会怎么和曹操打这场面包战争呢？

中国人一直遵循以家族为中心的文化。不管在官场、商场还是学界，都常有以亲人、宗族、同乡为核心的派系。然而三国强调了人自己所认同的价值，往往比血亲关系更重要。这是《三国演义》很棒的地方。《三国演义》虽然表面上是诞生于保守的年代，可是作者罗贯中似乎暗示了血亲是多么不值钱的东西，血亲是不能信赖的，血亲是禁不起挑战与考验的。一个人只有在人间找到跟自己价值观互相认同、性格上合得来的人，这样的亲才是真正坚固的亲。像刘、关、张三兄弟这种素昧平生的人结合在一起的兄弟之情，远远超过袁氏家族的名门贵族血缘关系。我们可以说，袁绍是血亲关系失败的典范，他让我们看到，我们一直相信的血缘、亲属关系，并不见得是最可信赖的关系！罗贯中在这方面的价值观是非常具有现代感的。

急躁与等待

曹操一直是急躁的，可是曹操在官渡大战取得了优势之后，袁绍变成了最急躁的人。相反地，曹操开始了优雅的等待与蚕食鲸吞的过程。郭嘉一次一次等待的建议，使得曹操不费一兵一卒，等来了袁谭、袁尚的分裂，又等来了公孙康送回袁尚、袁熙的头颅。这种风格让我们了解到，打败敌人有两种方法，一种是从外部打击，另外一种是长期地施予压力，让敌人从内部自行崩溃。从外部打击不但所需的力量大，同时也容易引起对方内部同仇敌忾。适用在己方资源相对有限，必须在短时间内获得胜利时使用。相反地，给予压力、使对方造成内部崩溃的办法，适用在己方资源相对强大，可以用蚕食鲸吞的方式，不急不缓地等待。

在日本武侠小说中，宫本武藏和佐佐木小次郎的岩流岛对决，最重要的胜负因素就是急躁与不急不缓的对决。不急不缓是强者的风格，急躁与短促是弱者的表现。这在一个强调时间、强调效率的二十一世纪，曹操与袁绍的战争恐怕是一个最好的反思。

如果从个人的立场来看成败，失败也有两种方式。一种是被打败；另一种是无法承受压力，自行崩溃。历史上的失败来自第一种类型的，恐怕没有第二种类型来得多。这场战争让我们认识到，最可怕的敌人往往是自己。

若不是郭嘉，这种强者的耐心与等待，是曹操过去所没有的风格，难怪郭嘉过世，曹操特别怀念。

曹操和袁绍的面包战争，除了战争、面包、人心这些元素外，还让我们看到了时间。原来，时间的节奏也是战争中非常重要的关键。

从官渡战争中，我们看见了战争并不是只有厮杀、逞勇斗狠的面貌，它所呈现的经济层面、领导风格、心理因素与时间节奏都在这场战役中有很特别的意义。从这里，我们发现组织的强大，不再只是单纯的武力或经济力，几百年前章回小说中的观点竟和当代最先进的军事学、管理学、组织学的思想不谋而合。这是《三国演义》让人佩服的地方，也是官渡之战在整个《三国演义》里面占有很重要地位的原因。

仿佛在乱世里有一个地下的秘密社团，是一群有头脑、有知识的人自己组成了人才库，他们等着被对的老板发掘。三国的人才库到此才开始浮现出来，刘备也仿佛大梦初醒，了解到他的团队是没有脑子的。

卷四
千里单骑

关键人物：刘备 诸葛亮

第一章
遇见床上的诸葛亮

一　穰山之战

　　刘备和曹操两军在穰山相遇，曹军因为长途跋涉，十分疲惫，加上曹操轻敌，根本没把刘备放在眼里，所以第一回合曹军败下阵来。

　　曹操会输给刘备，就是因为曹操从来没有把刘备放在眼里，太过轻敌，所以他犯了跟袁绍一样的错误。这曹操掰手指算一算，刘备的兵马只不过两万人，自己随便派一点兵也有好几十万啊。所以曹操想了一想，决定利用自己人多的优势分兵攻之。先派一支部队去偷袭刘备在汝南的大本营，再派一支部队去抢刘备的后勤补给粮草。我看你还有多少兵力可以往我许都前进。

　　就在刘备还陶醉在胜利之中时，却收到了曹操派夏侯惇攻打刘备大本营汝南的消息，刘备紧急派关羽带六千人马赶回汝南；没多久，刘备又获报他们的补给军被曹军给团团围住，赶紧再派张飞带着六千人马去救援；这下子刘备身边只剩下不到五千人，连自身都难保了，更别说要救皇帝。没办法，只好先逃了再说！

刘备想逃也逃不掉，还中了曹军的埋伏，就在绝望的时候，幸好周仓和关平及时赶来搭救，周仓挥舞着关羽的青龙偃月刀硬是杀出一条血路，刘备这才全身而退。

二 投靠荆州刘表

好不容易得来的地盘又被曹操抢走，刘备又一次变得无家可归。他看着天空发呆，很久才转过身来，对身边的人说："这大概就是我的命吧，唉，你们大家都是人才，可惜跟随了我这个倒霉鬼。不但做不了大事，连你们的才华都被埋没了。各位好兄弟，你们还是各自去投靠新的老板，给自己找新的出路吧。"

他的弟弟关羽就鼓励他说："哥哥，你不要老是说这种没有气势的话嘛。你要知道汉高祖刘邦跟项羽打仗的时候，刘邦也是一直输啊，刘邦只是打赢了最后的一仗，就当上了汉高祖。我们虽然常常输，可我们输的并不是最后一仗啊，我们只要努力再打就是了。"关羽这么一说，大家统统用力点头。

　　谋士孙乾建议他不妨投靠荆州刺史刘表，因为大家都是刘氏家族，刘表一定会收留刘备。

　　果然刘表很够意思，热情地款待刘备。而刘备也很够意思，当刘表在江夏的部队叛变时，刘备就带着关羽、张飞、赵云去帮助平乱。虽然刘表很高兴，却惹火了刘表的小舅子蔡瑁。蔡瑁怕刘备抢走他的地位，于是在刘表面前搬弄是非，就这样把刘备赶到新野去了。

　　刘备在新野很努力地治理地方，很受民众爱戴。而刘备的太太甘夫人也替他生了一个儿子刘禅，也就是阿斗。

　　刘表听说刘备有了儿子，为了恭贺他，特地请刘备到荆州城喝酒。两人几杯黄汤下肚，刘表说起他的烦恼，原来刘表有两个儿子，一个是前妻生的叫刘琦，一个是现任老婆蔡夫人生的叫刘琮，他不知道到底要立谁为继承人好。刘备没想到刘表这么信任他，于是也立刻掏心掏肺地建议刘表绝不能废长子、立幼子，不然会落得跟袁绍家一样的命运！话才刚说完，谁知道刘备一回头，赫然发现蔡夫人就躲在屏风后偷听，吓得他赶紧告辞，匆匆回了新野。

三　意外捡到新军师

　　所谓"祸从口出"，刘备多嘴果然替他招来噩运。蔡夫人和蔡瑁安排了宴会邀请刘备，刘备明明知道很危险，但又不能不去，只好带了赵云和三百名随身护卫赴宴。蔡瑁率领着文武官员出来迎接，表面上蔡瑁对刘备表现得很客气，但蔡瑁早已将东门、南门、北门围了起来，而西边没有门，只有一条檀溪，这下子刘备插翅也难飞了！赵云也不在身边，刘备只好自己找机会偷溜。所幸有伊籍的帮忙，刘备先假装去上厕所，然后赶紧骑马往西边逃，到了檀溪岸边，眼见前无去路，情急之下，只能骑着他的"的卢"马硬着头皮跳过去。

　　蔡瑁带着五百人的特勤部队刚好就赶到了西边，蔡瑁在这边研究，却怎么都研究不出来刘备到底是怎么跑到了檀溪的对面。蔡瑁还不死心，他隔着檀溪装模作样地问刘备："刘皇叔，大家吃饭吃得很高兴啊，你何必逃跑呢？"

　　刘备的心脏还扑通扑通地跳，他勉强换顺了气，问蔡瑁："我自从到荆州跟你无冤无仇，你为什么要害我？"

　　"我要害你？"蔡瑁装出很无辜的表情说，"我没有要害你啊。"蔡瑁转过头去问他后面这五百人的特勤部队，你们有没有人要害刘皇叔啊？结果这五百人的特勤部队赶快把手上的弓箭统统都藏到背后，一起摇着头。

蔡瑁就说："刘皇叔，你看你太多疑啦，没有关系，我现在就派独木舟到对岸去把你接回来吃饭好吗？"

刘备笑了笑说："我又不是白痴，笨蛋。"他抖一抖绳子，"的卢"马就很神气地转过脸去把屁股对着蔡瑁。蔡瑁知道骗不下去了，立刻一挥手，五百名特勤人员把藏在后面的弓又拿到前面来，立刻搭上了箭开始射击，无奈距离实在是太遥远了。刘备这才逃过一劫。

老命虽然保住了，刘备心中却是五味杂陈。正当他唉声叹气的时候，听到一个小牧童唱着："刘备刘备，臭棉被；的卢的卢，破火炉。"刘备很纳闷，这个小牧童为何会认得他和他的马呢？小牧童说是师父教的。刘备便请小牧童带他一起去见他的师父——徐庶。

刘备和徐庶一谈之下，恍若大梦初醒，他在新野已蹉跎了六年，而他的人生又还有几个六年混呢！于是刘备立刻请徐庶当他的军师，因为他的旗下只有猛将，还缺少会用脑的人啊！

四 曹操的人质策略

刘备最近的运气真的不太好！获得新军师的喜悦还来不及享受，曹军又已兵临新野城下了。原来曹操想要进一步吞下荆州，还派出他的亲信曹仁当主将。

曹仁挑了一个月黑风高的晚上，率领军队偷袭刘备的军营。但徐庶早就在营地四周绑了一圈黑绳子，绳子上挂着黑色的铃铛，所以曹军碰到绳子，立刻铃声四起，曹军乱成一团。曹仁正想点灯看个究竟时，只见四周突然灯火全亮，赵云带着军队从两旁冲了出来，曹仁边打边退，又游又爬，好不容易回到根据地樊城，一抬头看到站在城上的不是自己人，竟然是关羽、关平和周仓！曹仁只好折回徐州向曹操请罪。

曹军大败，曹操打听之下，知道原来是刘备新军师徐庶的功劳，便抓来了徐庶的妈妈当人质，准备要挟徐庶来效劳。徐庶从小就死了爸爸，全靠寡母抚养长大，所以徐庶非常孝顺。

曹操逼徐庶的妈妈写封信给徐庶，但徐妈妈很有骨气，只在纸上写了："你千万不要回许都帮曹操！"没想到曹操的军师程昱在信上动了手脚，涂掉"不"字，变成"你千万要回许都帮曹操！"孝顺的徐庶接到信，虽然明白这是曹操的计谋，但他不能丢下妈妈不管，所以还是含泪告别了刘备。临行前徐庶告诉刘备，有一个比他厉害十倍的人可以代替他，就是住在南阳卧龙岗的诸葛亮！

　　徐庶辞别刘备，匆匆忙忙骑着马赶到了许都。他一见到曹操就拜倒在地，对曹操说："我这个做儿子的在外头闯荡，都没有尽到孝道，真的很惭愧。我妈妈一直承蒙曹丞相照顾，我心中对丞相是感激不尽。"

　　曹操笑着把徐庶扶起来说："你来就好了，刚好可以就近照顾你的妈妈，我也可以多请你指导。"

　　曹操高兴地拉着徐庶，带她去看徐妈妈。徐妈妈发现徐庶竟然出现了，还跟曹操手拉着手。徐妈妈讶异地问，你干吗来这里？徐庶说，妈，我接到你写给我的信，马上就遵照你的指示，放弃一切跑过来啦。徐庶说完赶快把信掏出来给徐妈妈看。老太太看到信气得倒在地上："亏你出去外面混了这么多年，我以为你学业有长进，没想到越来越退步，你居然被人家随随便便给骗了回来。所谓忠孝不能两全，这个道理你不懂吗？你这样弃明投暗，你还有什么脸来见我？我不认识你这个儿子！"

　　徐庶本来想要给妈妈一个拥抱的，现在被徐妈妈骂得跪在地上头都不敢抬起来。徐妈妈骂完了儿子，又指着曹操破口大骂："你这个奸臣，不要以为我就会任你摆布了。我奈何不了你，我自杀总可以吧。"

徐庶根本来不及反应，就眼睁睁看着妈妈死在眼前。鲜血溅在徐庶的脸上，徐庶当场昏了过去。

曹操完全没有料到事情会闹成这个样子，他只好派人给徐妈妈举行了隆重的葬礼，还亲自去祭拜。葬礼之后，徐庶就搬到了妈妈的坟墓旁边去守墓。曹操在这当中，虽然送了很多礼物过来，但统统都被徐庶给退还了。徐庶对于人生从此心灰意冷。

五 三顾茅庐

江湖上传言徐庶比曹操的军师程昱聪明十倍，徐庶又说诸葛亮比他聪明十倍，那么诸葛亮不就比程昱聪明一百倍了吗！刘备非常高兴，立刻带着关羽和张飞来到诸葛亮家。敲了半天门，来开门的却是一个小朋友，说诸葛亮不在，而且不知道什么时候才会回来，刘备只好失望地回去了。但刘备每天都派人去打听，终于有一天听说诸葛先生回家了，刘备赶忙前去拜访，没想到回来的不是诸葛亮，而是诸葛亮的弟弟诸葛均。

过了一个冬天，刘备第三次带着关羽和张飞去找诸葛亮，这次诸葛亮终于在家了。可是别高兴得太早，因为他在睡大头觉，所以不见客，刘、关、张三兄弟只好在外面痴痴地等！这一等就等了大半天，诸葛亮看刘备这么有诚意，就跟他谈起了天下大势，他从抽屉里面拿出西川五十四州的地图。

　　接着诸葛亮就开始发表他那篇惊动海内外的《隆中对》。这段对话奠定了后来刘备的生涯规划，还有整个天下的发展趋势。

　　《隆中对》的重点无非就是说天下这么乱，老百姓所需要的不过就是一个安定的生活。虽然你刘备力量没有别人大，没关系，你应该做的是带给老百姓安定的生活，这就是你所依靠的人和。曹操在北方挟天子以自重，占着天时；长江下游的孙家，占着地

利。所以，你刘备可以依靠的只有人和。你要先取荆州为根据地，再攻占四川的益州。这样你就可以拥有天下的 33.3%。站稳了这33.3%，你才有机会统一天下。刘备听到这里，挠一挠头，他问诸葛亮，诸葛先生你说的很容易，你叫我先夺取荆州，再夺取益州，可是荆州的刘表跟益州的刘璋，他们两个都是汉氏的宗亲，是我们刘家人，我怎么可以去抢他们的土地，这样我还会有什么人和呢？

诸葛亮看着刘备，摇摇头，笑着安慰他说，我夜观星象，占星的结果是刘表活不了太久，刘璋也保不住他的益州，他们都是自己死的，荆州、益州以后都会落到你手里。

刘备很高兴，就拜托诸葛亮一定要出来做军师。无奈诸葛亮一推再推。最后刘备又求又哭，诸葛亮终于答应出任他的军师。

曹操上次吃了败仗，当然不会善罢甘休，这次他又派夏侯惇率领十万大军来攻打刘备。

消息一传来，刘备很紧张，立刻请关羽、张飞一起来办公室开军事会议。到了刘备的办公室，刘备请教大家的看法。张飞就很酸地说，既然哥哥说见了诸葛亮就如鱼得水，那你就派水去打仗好了。

刘备很严肃地说："诸葛亮他是军师，负责拟订作战的计划。两位好弟弟你们负责打仗，大家要分工合作。"刘备说完，为了证明自己对诸葛亮完全信赖，立刻当着所有人的面，把令箭还有大印交给了诸葛亮，请诸葛亮来发号施令。

此次战役刚好可以考验一下新上任的军师诸葛亮到底行不行，但是他下的指令都很奇怪，例如"只能打败仗，不能打胜仗！"还有叫大家"带着火柴、汽油去打仗"，等等，连关羽和张飞都对这位才二十七岁的年轻军师不怎么信任，诸葛亮真如传说中的那么厉害吗？

/ 容我多两句嘴 /

知识力量的觉醒

在这章中可以发现，无论哪一个时代，人才要被注意到、要被对的老板用到是多么困难的事情。在现在这个年代，我们找工作时常被迫在两三天之内就要决定一个工作，如果诸葛亮生在此时，同样也必须在两天之内决定一个工作。他可能也无法找到刘备这个对的老板。

另外，我们第一次看到，在《三国演义》中全面肯定了知识的力量。在这之前，强调的都是武力的表现，之前出色的人物像吕布、典韦、关羽、颜良、文丑这些猛将，他们共同的特质都是在于他们的武力上，他们是以暴力取胜，可是到了某一个节骨眼，暴力的限制就会显现出来了，它无法带领英雄走向他们真正的目的。不管是典韦的死也好，颜良和文丑的死也好，这些武将并不是真正可以仰仗的人，而且潜力也不是无穷的，他们的威风只能到某个程度，纵使像典韦可以像人肉机关枪一样扫射，最后仍难逃被杀的命运。

罗贯中知道到了某个阶段，他必须带进来新的势力，这股势力也就是知识的力量。有趣的是，在这之前罗贯中从来没有给过任何具备知识的人特别的地位。我们看到已经出现的谋士，如贾诩，他的头脑里有很多数据库，但并没被赋予任何人格特质，他就像是《星际大战》里的管家机器人，几乎没有自己的自由意识，只在主人需要服务时，他就出来上个菜，上完菜他又不见了。除了贾诩外，还有董卓身边的李儒、曹操身边的郭嘉，这些人也都是面目模糊。

直到徐庶出场，我们才感觉到，罗贯中终于了解了在介绍知识力量的同时，也要让知识的化身被崇拜，让它吸引人、迷人。所以，徐庶的出场被安排得非常迂回曲折。在《奇葩三国说》中，我们简化了这个过程。原本刘备是必须先遇见水镜先生，经过水镜先生的中介，他才遇到徐庶。在这里就显现出一件事：仿佛在乱世里有一个地下的秘密社团，是一群有头脑、有知识的人自己组成了人才库，他们等着被对的老板发掘。三国的人才库到此才开始浮现出来，刘备也仿佛大梦初醒，了解到他的团队是没有脑子的。

这个桃园三结义组合有个非常有趣的缺陷，当初为了匡扶汉室所建立的铁三角，竟然是一个道德和武力的铁三角。这三个人当中没有一个人是称得上有谋略、有脑子的，他们像无头苍蝇一样，跟着不同的老板在江湖上流窜了那么多年，一直要到被打得这么狼狈的时候，刘备才醒过来，他终于知道他需要一个有头脑的人来为他规划方向。这个觉醒，在许多古典小说中是没有出现过的。在《西游记》中，没有看到知识被推崇到什么地位，只有法术、法力跟唐三藏的意志力；《水浒传》中也只有一些小的奸谋，但没有大方向的规划，所以最后梁山泊这些英雄好汉就变成不知该何去何从，因为没有人替他们规划该如何治理天下、如何跟朝廷相处、如何从在野党变成执政党。至于《红楼梦》中，知识像玩物一样，是拿来应酬、唱和、作诗词的。只有在《三国演义》中，知识被隆重展现，其他的演义、小说都没有。

有血有肉的知识分子

《三国演义》高度肯定知识的力量，在这一章中全部展现。徐庶出来的时候，我们更看到了学校里学的功课是能发挥作用的，即使是在面对千军万马时也可以。而且，这些谋士变成有面目的人，他们有个性、有亲人、有感情的纠葛，徐庶在这一集的表现是很动人的。为了在乱世中有出头的机会，徐庶非常积极，但没有机会好好展现，因为他没有能力好好照顾他的家人。这是非常罕见的例子，因为在《三国演义》里没有一个人因为家人的关系，而降低自己的政治野心。像诸葛亮的哥哥，他在东吴做官，他们兄弟俩都没有因为亲情的关系，而放弃自己政治的发展。所以徐庶为了妈妈的缘故放弃了自己的政治立场，成了少数派。因此这件事也增加了他的厚度，他是一个有血有肉、活生生的人，跟郭嘉、贾诩是不一样的。

所以在《奇葩三国说》中，我们也特别把感情赋予这个角色，花了很多篇幅描述徐庶的妈妈如何写信给他，还有徐庶的妈妈自杀后，徐庶是如何因过度悲痛而变成活死人。这种境界在其他的古典演义中是看不到的，有人会因为亲人的死亡而激发报仇的意志力，但很少有人会和徐庶一样，因为亲人死亡而失去活下去的勇气，从此变成完全放弃人生的人。

这一章有趣的就是罗贯中如此郑重其事地跟大家介绍知识分子的重要性，而知识果然在接下来的三国发挥了它的力量。我们几乎可以确定的是，这里是《三国演义》中知识和暴力的分水岭。在这之前的战争几乎是靠着暴力来完成的，在这之后的战争就大量地引进了与智慧有关的作战方法，当然最明显的例子就是赤壁之战。这是一场三国里全部的天才用他们的智慧所设计出来的战争。这种知识的力量一直延续到了后来司马懿打败了诸葛亮为止。知识很惊人地展现了无穷的潜力，那是习惯使用暴力的人无法想象的，这也是在中国所有的古典小说中设计战争时都被忽略的一点。

诸葛亮与刘备

其实，徐庶的出场只是为了服务真正知识的化身——诸葛亮，从牧童、水镜先生到徐庶，最后才带出诸葛亮。经过了三重关卡，就像打电玩一样，要打过三关才能见到诸葛亮。牧童最早出场时的调调，也完全象征着知识人世界的优雅和气氛，跟穿着盔甲在马上拼命的将军是完全不同的境界。所以最后诸葛亮出场时是集大成的，他以住在美丽的大自然中、务农为生这种形象出现。

另外，在他的世界中时间是特别充裕的。别人讲究的是酒还没有冷掉就把敌人的头砍下来，那个时间是要用秒表计算的。

诸葛亮的时间是这么缓慢，刘备拜访了他三次都见不到他，好不容易终于见到他了，他还要睡三个钟头才跟刘备见面，他的时间好像跟别人的不一样，知识分子和武夫的对比，在这里充分地展现出来。罗贯中厉害的地方，就是他能够在这么纷乱的世界中突然开垦出一个小花园，而在这个花园里他充分展现了知识分子的迷人之处，所以让我们感受到唯有从容地寻找事业上的合作伙伴，才能找到对的合作伙伴，正如诸葛亮花了很多时间去确认他的老板是对的老板。

　　当然，刘备出色的部分也在这章故事中充分地展现。第一，在接触徐庶的过程中，他展现了几个特质是当老板的很难得的。当有人建议他把那匹会害死人的"的卢"马送给其他小兵时，刘备马上拒绝了这个提议。所以他虽然渴求人才，但还是有所坚持的。第二，当徐庶的妈妈被绑架，徐庶必须回去时，关羽曾经暗示刘备说要把徐庶给杀了，刘备却说我们不能破坏别人的家庭。由此可知，他是一个以人为本的老板。

　　也因为老板与人才各自展现了人格特质，所以当他们碰在一起时，才能有较长远的合作，因为他们是价值观的结合。所以徐庶也测试过刘备，诸葛亮也测试过刘备，真正的人才是懂得用测试的方法来确定要合作的对象是不是对的。

　　刘备通过了测试，他用了非常大的耐性终于得到了诸葛亮。诸葛亮也向我们证明了一件事情，他早就准备好了，企划案、三分天下的地图……当机会来了，什么都要准备好，不能等到机会来了才开始准备。很多人认为诸葛亮是很谨慎、清高、优雅的，可是很少人说他很积极、懂得掌握时机。若根据他为自己所做的人生规划，他娶了一个学术界领袖的女儿，这样让他能立刻进入学术界这个秘密的网络之中。接着他又用那种排场来吊老板的胃口，清清楚楚地展现自己的风格，这个风格不断地测试刘备对于知识尊重的底线。唯有刘备能够认同这个风格，将来诸葛亮才能把知识的力量发挥到极致。

刘备通过几个刁钻的人才对他所做的考验，还有他带着荆州十几万百姓逃亡，这两件事显示出，刘备恐怕是整个三国领袖中最重视人的，他不愿意为了徐庶伤害无辜的性命，他也为了诸葛亮降格以求，然后他为了荆州的老百姓，也愿意改变自己的行程。这些都是他后来成功的原因，他占到了天时、地利、人和中的人和。他一再证实了政治的利益比不上对人的重视，所以刘备的地位因此而提升。

诸葛亮若是和曹操在一起

曹操底下有许多人才，但曹操并没有对这些人显示完全的信赖，他虽然有求才的雅量，但他似乎是一个很容易在智慧上受威胁的人。

当你一旦表现得很有头脑的时候，他的不安全感就会发作。原因是曹操比刘备有头脑，他不是一介武夫，所以对于典韦、关羽他并不会感到威胁，因为他很清楚地知道智力比武力重要得多，而他是一个掌握智力的人，所以他对有智慧的人就会非常防范。这从后来的几件事中可以看到。例如，曹操与许攸之间，当许攸因替曹操打赢那场面包战争而过度狂妄，将功劳都揽到自己身上时，曹操就借刀杀人把许攸给杀了；还有，曹操的儿子曹植也因为太聪明而被冷落了；在赤壁之战时，曹操也十分刚愎自用，程昱提醒他对方有可能会用火攻时，他就嘲笑程昱不懂得辨认风向。曹操在这方面的自负是不可威胁的，所以他身边的谋士都无法展现个性，像许攸、程昱、荀攸，只要一有意见就会被杀掉。因此，如果曹操遇见诸葛亮的话，他应该不会像对待关羽一样对待诸葛亮，因为曹操身边已经有一些谋士了，他对知识型的人才没有像刘备那样渴望。再说，诸葛亮会威胁到他，他会受不了。

反过来，刘备若遇见比他聪明的人，不但丝毫不觉得被威胁，还会觉得很高兴。孙权更是让底下聪明的人随心所欲，从不干涉。袁绍可以引发所有知识分子最卑劣的一面，他底下的文人都在进行派系斗争。曹操只比袁绍好一点，他只把那些文人当奴才使用。所以不同的老板特质会引发人才不同的反应和自信心，曹操身边的人才都显得很没有自信，有自信的人也都被他宰了。

第二章
赵云抱娃娃，杀啊！

一 打败仗战略

诸葛亮拿着令箭，开始分配任务，他要大家带着汽油、火柴去打仗，而且只能打败仗，不能打胜仗。然后，他要刘备驻守在博望坡，等赵云跟曹军的夏侯惇打输退回来时，刘备再出去挡一阵子，当然也不能赢！

战争开始了，大伙儿照着诸葛亮的计划行事。刘备和赵云一路退，夏侯惇一路追，追到了新野附近，路越来越窄，且两旁都是芦苇，忽然芦苇着起火来。刘备和赵云马上回头堵住路口，和曹军厮杀，夏侯惇的军队大乱，不是被火烧死，就是被自己人踩死。而跟在后面的曹军后勤部队本来就只能守不能攻，此时埋伏在两旁的关羽和张飞带着部队冲出来，又是浇油又是点火的，将曹军的粮草全部烧得一干二净。刘备的军队从晚上杀到天亮，把曹操的十万大军杀得尸横遍野、血流成河。原本关羽和张飞还怀疑诸葛亮的能力，经过这次战役，两人都对他佩服得五体投地。他们两个一看到诸葛亮，就激动得拜倒在地上说，诸葛军师啊，我们两个好久没有杀人杀得这么痛快了，我们能够遇到你，真是如鱼得水。

二　刘备错失荆州

夏侯惇被诸葛亮打败，狼狈地逃回许都。曹操大怒，决定亲自率领五十万大军全面南征，打算彻底消灭刘备，夺下荆州，顺便连东吴的孙权一并解决。有一个不知死活的人跑出来劝谏，这个人叫孔融。孔融是原来的北海太守，曹操在统一了北方之后，孔融当然也就变成了曹操的属下。孔融自命清高，只要是国家大事，他都要发表意见，在报上写社论。

孔融对曹操说，荆州的刘表，新野的刘备，这两个人都是皇亲国戚，哪有做丞相的讨伐皇亲国戚的道理呀？

曹操生气地拍下桌子，对孔融说，这些人虽然姓刘，可是不听我的话，就等于是叛国贼。我怎么会容忍他们继续嚣张下去？

孔融虽然是暂时憋住了，不敢再讲话，可是他老先生前脚刚走出宫廷，忍不住就大叹了一口气：天底下怎么会有坏人修理好人的道理呢？这句话很快就传到曹操的耳里。碍于孔融小有名气，曹操对他多方容忍，但他对于孔融的讨厌，不是一天两天了。曹操正要出兵南征，最忌讳别人跑出来触霉头，偏偏孔融当着大家的面说出这种话。曹操决定干脆杀掉孔融来祭旗，以正军威。

公元二〇八年，也就是建安十三年的秋天，曹操杀死了孔融，亲自率领五十万大军，兵分五路，浩浩荡荡往新野出发，准备完成他统一的野心。

正当此时，刘表的病情越来越重。刘表请人找来刘备，握着刘备的手，希望刘备能替他照顾两个儿子，还请刘备继任荆州刺史。刘备连忙摇头拒绝，害得在南方的诸葛亮急得直跺脚！明明跟刘备说过，先取荆州，再取西川，然后就三国鼎立啊！但此时消息传来，曹操率领的五十万大军已经抵达新野了，刘备大惊，急忙连夜赶回去。

刘备走后，刘表写下遗书，立大儿子刘琦为荆州刺史，请刘备辅佐，并派人召回刘琦。刘琦当初为了躲避蔡夫人和蔡瑁的暗杀而请调到江夏去，蔡夫人得知消息后，当然不会善罢甘休，派蔡瑁挡住城门，不让刘琦进去，硬是将他赶回江夏。刘表苦等不到大儿子回来，终于死了。蔡夫人立刻修改遗书，立自己的儿子刘琮为荆州刺史，还偷偷把刘表埋了，密不发丧，并带着刘琮和蔡瑁进驻襄阳，以防刘备和刘琦联合，攻打荆州。

三　诸葛亮火烧新野，曹操狠夺荆州

曹军兵分五路南下，刘备决定放弃新野，暂时退守到樊城，但刘备不忍心丢下新野的老百姓，竟决定带着十几万老百姓一起走。诸葛亮听了差点没昏倒，因为军队只有三千人，光打仗都打不赢了，别说还要保护老百姓。但诸葛亮禁不住刘备的哀求，只得想办法让大家全身而退。他一边派人去江夏请刘琦帮忙，一边安排作战的事宜。

曹仁的前锋部队来到新野，发现城门全开着，简直像座空城！曹仁正打算让大家休息一下，突然从四面八方传来警报声，西门、北门、南门都着火了，曹军只好往东门逃。一出东门，就发现赵云的军队已经等在那儿，经过一阵厮杀，好不容易才过了赵云那关，又遇到糜芳、刘封等人的埋伏。总算逃到了河边，曹军松了一口气，正准备渡河时，只听到上面传来哗啦哗啦的水声，原来关羽早守候在河边，就等曹军一到，拿掉一包包的布袋，洪水一泻而下，来不及逃的人当场被淹死了。

靠着诸葛亮的奇谋妙计，总算暂时抵挡住曹军。刘备也乘机赶紧带着三千兵马、十万百姓逃往江陵去了。

蔡夫人原本很担心刘备会来抢荆州，这下她也松了一口气，她心想，只要曹操保证荆州刺史不换人，她愿意投靠曹操。于是，蔡夫人派她哥哥蔡瑁去谈判。曹操一口答应，会让刘琮做一辈子刺史，做到死为止。蔡夫人知道后非常高兴，第二天，就和刘琮带着大印和兵符去樊城迎接曹操。曹操一进襄阳就改派刘琮去青州当刺史，蔡夫人一听就傻了，曹操却回答说我只答应要让他当刺史，可没说是哪一州啊！结果蔡夫人和刘琮在前往青州的半路上，就被曹操的人杀了。

四 长坂坡前赵云发威

刘备一直等不到刘琦的救兵，诸葛亮于是决定亲自前去江夏求救。刘备一行人则继续往南逃，带着那么多老百姓，速度自然快不起来，终于被曹军追上，场面顿时乱成一团，刘备的太太甘夫人、糜夫人以及儿子阿斗都失散了。诸葛亮曾交代赵云要保护好刘备的家人，赵云于是一路左砍右杀，杀到长坂坡前，还是没有看到甘夫人和糜夫人，更别说阿斗了，赵云赶紧再回头寻找。先是在一群难民里找到了甘夫人，他赶紧扶她上马，送回张飞那儿，接着再继续去找糜夫人和阿斗。赵云一手长枪一手宝剑，左戳右砍，如入无人之境，曹军被赵云像切西瓜一样，杀得乱七八糟，纷纷躲避。突然赵云听到一阵洪亮的小孩哭声，跑去一看，果然是糜夫人抱着阿斗。糜夫人的腿受了伤，爬不起来。赵云请糜夫人坐上马，糜夫人不愿拖累赵云，摇摇头请赵云带着阿斗先走，赵云当然不肯，糜夫人自己跳下井去，赵云想救也来不及了，只好带着阿斗走。

赵云解开盔甲，将阿斗绑在胸前，用盔甲盖住后，便骑马往长坂坡的方向加速奔去。曹军将赵云层层包围住，曹操看到赵云豪爽的气概，又起了爱才之心。曹操想反正刘备马上就要落入自己的手中，到时候就可以把这个赵云收为己用，现在如果仗着人多，把赵云给伤害或者是杀掉的话，这辈子可能再也找不到像赵云这么强的机器战警了。曹操就下令手下所有的战士，不准对赵云放冷箭，一定要留赵云的活口。

曹操的将领奉命对赵云砍不准还手，戳也不准还手，赵云杀得非常过瘾，一路之上竟然杀掉了曹操的五十多个将军。赵云杀到身上的盔甲满是敌人的鲜血，直到张飞赶来帮忙，赵云才终于成功地将小孩交给刘备。一打开盔甲，阿斗竟睡得又香又甜，还吸着自己的大拇指呢！

刘备抱过阿斗，他一抬起头看到眼前的赵云浑身是血，就说：

"为了这一个不成才的小婴儿，差一点害死我一员大将。"

刘备说着就把阿斗往地上摔过去，赵云吓了一大跳，还好刚刚他在长坂坡已经练习过一次接婴儿的动作，现在很熟练地赶快把阿斗稳稳地接住。没有想到刘备不甘心，再一次抓起阿斗来，重新往地上再摔一遍，赵云完全没有料到刘备有这么一手，这次竟然漏接。

刘备一定要当着赵云的面，跟他来证明：我看重你远超过我看重自己的儿子啊。赵云心里非常感动，他完全没有想到在刘备的

心目中，我赵云竟然比他亲生的儿子还重要。曹操是一个懂得爱才的人，可是刘备也知道一定要留住人才的道理，刘备这一套收买人心的招数真的非常厉害。

刘琦的救兵终于到了！关羽终于从江夏刘大公子那边借到了军队，赶到汉津口。关羽带着军队，从山坡上面冲杀下来，把曹操的追兵冲得首尾不能相顾，刘备他们逮到这个空当，赶快就跑到了汉津口的码头之上。在他们正烦恼船只不够用的时候，只见一支船队开了过来，船头之上坐着一个头戴纶巾、身穿道服的人，不是别人，正是诸葛大军师。诸葛孔明算准了双方的速度，算到了刘备他们到不了江陵，一定会在汉津口这个地方渡过汉水，就带着刘家的大公子，从江夏亲自率领船队过来迎接刘备。

刘备先暂避到江夏去，但曹操总共有八十三万大军，要消灭刘备简直是易如反掌。刘备正担心着，东吴孙权的谋士鲁肃前来拜访，他此行的目的是要请诸葛亮前往东吴商量如何联合对抗曹操。

刘备能不能生存下去，全靠这次能否和孙权联合成功。到底诸葛亮是否能完成任务，说服孙权一起对抗曹操呢？一场世纪大战——赤壁之战即将展开。刘备、孙权、曹操，谁能赢得最后的胜利？

/ 容我多两句嘴 /

两种不同文化的落差

刘备拥有了诸葛亮之后，等于得到了一个替他挡掉所有道德风险的盾牌，等于是因诸葛亮设计的计策，刘备免于被道德批评的处境。例如，刘表要把荆州给刘备时，诸葛亮扮演撒旦的角色，把魔鬼的信息不断地灌输出来，刘备始终不愿做这阴谋的事情，所以如果刘备做了一些道德上的错事，那都是诸葛亮搞出来的。这是罗贯中高明的地方，他替刘备留下了一片净土，他不用接受那些龌龊的建议，只要一以贯之地展现他的人道精神。所以他不要刘表给他的荆州，因为他不想乘人之危，事实上如果给他足够的台阶下，他就会接受。

另外，罗贯中还给了诸葛亮一张非常大的成绩单，他是第一个喊出三分天下的人，这表明他是一个很好的时势观察家，他可以看到自己的集团生存的空间在哪里。他从遇见刘备到死之年，都一直努力在实现三分天下的目标，这是吓死人的市场规划。他不会贪心地像曹操一样要一统天下，所以应该把他当成最好的经理人才，他自己不想当老板，可是能替老板找到生存的方法。其他人都没有想到这件事，像夹在曹操与刘备之间的东吴集团，都没人为东吴想过他们要扮演什么角色，一会儿倒向刘备，一会儿倒向曹操，只是个靠着祖宗留下来的基业混吃等死的集团。

诸葛亮接下刘备的军师之职时才二十七岁，而且他当了军师之后也一直没有过什么好日子，因为接下来就是在一个很危急的状态下。当时刘备已经五十几岁，关羽和张飞也都在四十多岁的年纪，若是以现在的社会资历来看的话，诸葛亮大概是当完兵刚退伍回来两三年的年轻人，他也没什么社会经历，有的只是在家里读书、耕种。而那兄弟三人已经打了很多仗，从河北一直打到山东，边打边逃地到徐州、荆州，所以在人生的阅历上和种种的文化上，他们都非常瞧不起这位在家里读书的诸葛亮。他们的第一次合作就在那么紧急的情况下，这延伸出相当多不同的文化融合的问题，再加上他们一开始并没有很多时间去好好地沟通和相处，所以刘备去拜访诸葛亮三次并不是去谈薪水、谈原则、谈方向。刘备佩服诸葛亮的才气，但并不真正了解他的理念，以至于后来情势急迫时，刘备完全不承认他们当初在《隆中对》中所说的一切。诸葛亮以为《隆中对》是个契约，但刘备根本就只是为了得到诸葛亮所做的承诺。

从诸葛亮进到刘备集团开始，我们就发现他和这个集团之间的许多落差、断层。像年龄、经历上的断层就是他一开始所遭遇的最大断层。诸葛亮担任军师，一定会领导关羽和张飞，但这些人都已经可以当他叔叔、伯伯了，当然很难让他们对二十几岁的诸葛亮服气。

因此我们不难理解为什么诸葛亮最初为刘备集团做事时，设计出来的招招都是险招。为了逃命固然是重要的理由，可是又用水淹、又用火烧，特别讨好地把要用水淹、火烧的机会都让给关羽和张飞去表现，要让他们觉得有成就感，进而对诸葛亮服气。诸葛亮进入刘备集团的体制且去适应体制，实在是用心良苦。

诸葛亮和刘备集团的文化体制想要融合在一起，水土不服自然是难免的。这种水土不服的状况碰到关羽和张飞也勉强还可以解决，可是碰到了刘备，问题变得更明显了。虽然诸葛亮一再主张拿下荆州，然后再以荆州为根据地往益州发展，再慢慢并吞天下。可是诸葛亮那种理智的逻辑思考，并没有考虑到刘备的仁义礼智信，还有种种人道。过去，他们并没有相处的经验，诸葛亮一厢情愿地以为刘备会好好听他的话，也为荆州局势的发展做好了布局，包括把刘琦安排到江夏去，等到一旦刘备的势力掌握了荆州后，刘琦这个伏笔就提供了名正言顺的权力。诸葛亮没想到的是，曹操的大军来得实在太快了，慌忙仓促之际，刘备竟完全不顾诸葛亮的布局，坚持要带着那些老百姓流亡，于是导致了从襄阳一路败退下来的惨状。

整个荆州大逃亡的灾难里，与其去怪罪曹操，还不如说是两种不同的文化所导致的悲剧。诸葛亮代表的是理性的、新生代的想法，刘备则有许多旧文化、传统背景不同的考虑。从一开始就是这样，他们年纪不同、文化不同，到了后来，关羽违背诸葛亮的政策，直到张飞被杀、刘备复仇不成忧愤而死。这样的冲突一直都存在，从没有消失过。诸葛亮加入是刘备集团的契机，他们终于拥有了有谋略的军师；但两种不同文化的落差没有得到充分的融合，这

种落差一直持续了下来。所以诸葛亮和刘备的结合创造了蜀汉的
盛世，同时也注定了蜀国的衰亡。

机器人诸葛亮

　　《三国演义》里并没有描述诸葛亮的内心世界，但我们可以想象诸葛亮分配完任务，回到自己房间，那种气到撞墙的情景。诸葛亮一直到死都没有显现出情绪，所以我们会觉得他难以亲近。他唯一一次展现情绪是在周瑜死的时候，他在周瑜的灵堂里痛哭，他只能在周瑜对他那么重视，重视到用生命相拼的这种对待方式当中，得到一点点生存的乐趣。像鲁肃那么崇拜他，却丝毫没有得到他任何温暖的响应。

　　诸葛亮简直像外星人，如《星际迷航》里耳朵尖尖的史巴克先生，他拥有超高智商、超高信息度，不讲笑话，不知道什么叫好笑。我们着迷诸葛亮，是因为他毫无杂质、太干净了，没有情绪，只有努力工作，刘备的目标就是他的目标，他不顾一切地为他，可是这样的人生到后来却显得荒谬。诸葛亮死后的那段时间，很多人质疑他的人生到底享受到了什么。尤其后来他扶持的是阿斗，这个意义到底在哪里，更令人怀疑。相形之下，曹操在船上作"对酒当歌，人生几何"的诗时，我们知道这个男人是有他人生的向往和野心的。而诸葛亮是个有一肚子委屈却又不愿意表达情感的人。《出师表》那么痛苦，就像账单一样，比曹操的《短歌行》的境界是差很多的。诸葛亮是一个很棒的经理人，但他拥有的人生，并不是一个有趣的生命过程。

蔡家的局面

刘表的老婆蔡夫人为了自己的小儿子而排斥大儿子刘琦，最后竟然还因为害怕大儿子而引狼入室，把曹操请了进来。蔡夫人竟然害怕刘琦更甚于害怕曹操，很多人对蔡夫人白痴的程度大呼不解。可是事实果真如此吗？蔡夫人真有这么无知吗？

仔细想一想，或许这背后是有一些道理的。如果蔡夫人看到的不只是刘琦，而是刘琦背后的刘备和诸葛亮集团，那么事情就大不相同了。诸葛亮长期住在荆州，对荆州的情势以及恩怨情仇实在太了解了。或许是诸葛亮之心荆州人皆知，蔡夫人这个集团长期以来，最大的政敌就是刘备集团。他们了解刘备这个集团的庞大与可怕。更糟糕的是，蔡家自从檀溪事件逼得刘备骑马跳河之后，就和刘备结下了梁子，从嫉妒、怨恨到后来的恐惧，造成了两边越来越大的隔阂。

　　相形之下，蔡家害怕曹操的成分就少多了。因此，当蔡夫人派蔡瑁去谈判，曹操早已经看到他们内心的恐惧，于是三言两语，很快地安抚了蔡家内在的恐惧，这使得蔡夫人和儿子高高兴兴地出城投降。蔡夫人不假思索地选择了曹操，与其说把曹操当成战略伙伴，还不如说实在是太恐惧刘备的报复了。蔡夫人没有想过的是：他们母子两人到底对曹操有什么用？曹操用降将向来有两个必备的基本条件：能力及忠诚度。蔡夫人以及刘琮可以说完全不具备这两个条件。在这样的情况之下，这对母子的命运其实是可以预见的。

　　整件事情看下来，恐惧竟然决定了一个人乃至于一个国家的命运。或许因为蔡夫人是姨太太，她人生的动力都是从恐惧开始的。蔡夫人没有什么梦想或野心，只想避祸、生存、掌权。不幸的是，这种恐惧创造出了更大的恐惧，逼得她选择了曹操，而不是刘备。恐惧决定了她的命运，蔡家的人若不是用恐惧当作动力，或许下场不会那么惨。假如刘琮的志业是接下爸爸的事业、统一天下的话，或许他会有迎接刘备、诸葛亮进入襄阳的胸襟。假如一开始蔡夫人有一点点梦想，刘琮有一点点理念，或许一切都会不一样……

超级执行者赵云

赵云为了救阿斗出生入死，糜夫人投井，这真的是何其愚蠢的事情！牺牲了那么多人，救了阿斗，结果又如何呢？这件事有点让人觉得莫名其妙。赵云救阿斗，绝对不是因为阿斗可爱，说穿了就是因为他是刘备的血脉，我们看到一个战将的命比不上一个小孩子的命。一直到现在，大家还是觉得为了阿斗死了那么多人都是应该的。问题是：难道糜夫人、赵云的命都不重要吗？还有，那些被赵云杀掉的士兵不也是别人的儿子吗？一千年多过去了，当我们看着这样的故事进行下去，大家兴奋地称赞赵云的英勇时，从来没有人怀疑过：真的有必要这样吗？赵云如果没有救阿斗的话，阿斗以后还会有好几个弟弟，也不见得比阿斗差。将来的蜀汉如果是阿斗的弟弟来继承，或许不一定会沦落到灭亡的命运吧？

赵云在长坂坡前的表现，虽然和刘备集团的兴衰成败一点关系也没有，不过这个表现成全了赵云的个性与人格，使得他一千多年来为海内外华人所津津乐道。在赵云保护阿斗的事情过后，他得到了诸葛亮的完全信任，之后诸葛亮几乎把大部分重要的任务都指派赵云去执行，因为赵云是一个一旦决定效忠，就不会去多想什么的执行者。他是刘备的团队里面唯一会接受程序、完全服从程序，而且尽心尽力地把这个程序完成的人。

刘备的矫情、柔弱、魅力

相对于关羽和张飞，赵云虽然本事高强，可是 EQ 却并不是很高。这类型的战将需要有人不断地去安抚他们，像刘备就常会去安抚他们，在乎他们的心情，这几乎是刘备天生作为一个领导者很重要的特质，也是别人难以望其项背的一项能力。仔细想想，刘备并没有对这两个兄弟做些什么，也没有给他们高薪，他只是让这两个人很有面子、心情很愉快，死心塌地对自己如此服从、尽忠和卖命。很少人体会到刘备这种独特的魅力，他可以摸天下人之所不能摸的头，安抚天下人之无法安抚的心，连曹操这种不太让人拍马屁的人，刘备都能把他收拾得服服帖帖。刘备在现代如果担任精神科医师一定能胜任愉快！

刘备曾口口声声说兄弟如手足，老婆如衣服一样，衣服破了，可以补，所以不要紧。但是很奇怪，刘备的兄弟、将军都不要命地保护他的老婆、儿子，来表现他们对刘备的忠心。所以，这是在历史上很矛盾、很荒谬的事。刘备越说不要紧却越有人要保护；越是战将牺牲生命保护回来的小孩，刘备越是要摔。刘备的世界充满了这样的矫情，以至于将军们看出了这些中国人不变的法则与价值，都宁可不相信刘备的话语以及陈述的价值，勇敢地去做讨老板欢心的事。

真正要比赛，不在乎儿子、老婆的第一名恐怕该颁奖给曹操。曹操的爸爸被陶谦的手下张闿杀死了，但他还是可以为了现实而考虑撤兵；曹操的儿子曹昂被张绣杀了，为了统一天下，他仍然可以与张绣结盟。

刘备屈服的不是道德，他真的愿意去服从的是他所看到的形势。所以当他柔弱时他可以弱得像水一样，即使是与人家签了约，也可以找个借口就溜之大吉（换成赵云或关羽一定会守约至死为止）。很多人常常把刘备形容成一个道德及传统的代表人物，这是很大的误解。

事实上，刘备的领导能力以及特殊的魅力在这一章渐渐浮现。我们发觉，刘备绝对不是一个懦弱、顽固的老古板。相反，他故意柔弱，随着形势做弹性的调整；他故意柔弱，让手下出头，驱使他的手下去替他打仗、替他卖命，这是他的习惯。如果不是这样，也不会有诸葛亮、关羽、张飞、赵云这么多人物围绕在刘备的周围。

从《奇葩三国说》中，可以看到刘备集团在乱世中生存甚至站稳阵脚，渐渐茁壮。大部分人都看到了刘备的幸运，但很少有人看到刘备的厉害。

故事还没结束，后续更加精彩，记得要看哦！

图书在版编目（CIP）数据

奇葩三国说 / 侯文咏，蔡康永著. -- 长沙：湖南文艺出版社，2016.1
ISBN 978-7-5404-7356-3

Ⅰ. ①奇… Ⅱ. ①侯… ②蔡… Ⅲ. ①《三国演义》评论 Ⅳ. ① I207.413

中国版本图书馆 CIP 数据核字 (2015) 第 240504 号

本书由皇冠文化集团授权出版中国大陆简体字版本，非经书面同意，不得以任何形式任意复制、转载。本书限于中国大陆地区发行，不得销售至包括中国港、澳地区及任何海外地区。

上架建议：趣味 · 文化

奇葩三国说

作　　者：蔡康永　侯文咏
内文插画：胖不墩儿
出 版 人：刘清华
责任编辑：薛　健　刘诗哲
监　　制：蔡明菲　潘　良
策划编辑：张小雨
特约编辑：温雅卿
版权支持：文赛峰
营销支持：刘宁远　李　群
版式设计：张丽娜
封面设计：陆骏璇　利　锐

出版发行：湖南文艺出版社
　　　　　（长沙市雨花区东二环一段 508 号　邮编：410014）
网　　址：www.hnwy.net
印　　刷：北京尚唐印刷包装有限公司
经　　销：新华书店
开　　本：880mm × 1270mm　1/32
字　　数：150 千字
印　　张：7.5
版　　次：2016 年 1 月第 1 版
印　　次：2016 年 1 月第 1 次印刷
书　　号：ISBN 978-7-5404-7356-3
定　　价：38.00 元

质量监督电话：010-59096394
团购电话：010-59320018